Pacte avec un Italien

JULIA JAMES

Pacte avec un Italien

Traduction française de
FRÉDÉRIQUE LALLEMENT

AZUR

HARLEQUIN

Collection : Azur

Titre original :
CONTRACTED AS THE ITALIAN'S BRIDE

HARPERCOLLINS FRANCE
83-85, boulevard Vincent-Auriol, 75646 PARIS CEDEX 13
Service Clients — www.harlequin.fr
ISBN 978-2-2805-0643-4 — ISSN 0993-4448

Édité par HarperCollins France.
Composition et mise en pages Nord Compo.
Imprimé en juillet 2024 par CPI Black Print (Barcelone)
en utilisant 100% d'électricité renouvelable.
Dépôt légal : août 2024.

FSC www.fsc.org MIXTE Papier issu de sources responsables FSC® C159065

Pour limiter l'empreinte environnementale de ses livres, HarperCollins France s'engage à n'utiliser que du papier fabriqué à partir de bois provenant de forêts gérées durablement et de manière responsable.

Prologue

Assis sur un haut tabouret dans le bar à cocktails d'un hôtel huppé du West End de Londres, Dante Cavelli sirotait un martini tout en jetant de fréquents coups d'œil à sa montre. Son invitée était en retard.

Son regard s'arrêta sur la jeune femme en train de jouer un air de jazz très doux sur le piano à queue blanc. Une séduisante blonde dont les longs cheveux retombaient en boucles souples sur les épaules. Sa pensée s'égara. Il se ressaisit à regret. Non. Pas question.

Comme il ramenait les yeux sur l'entrée, Dante se figea. Si la pianiste avait retenu son attention quelques secondes, la jeune femme debout sur le seuil la captiva. À la faveur de la différence d'éclairage entre les lumières vives du foyer et celles tamisées du bar, sa silhouette se dessinait dans le clair-obscur.

Un effet saisissant.

Sa virilité s'en trouva aussitôt éveillée.

Le corps moulé dans une robe de cocktail bleu paon qui dévoilait des jambes dont la finesse était accentuée par de hauts escarpins, la jeune femme serrait d'une main une pochette, comme si elle était nerveuse.

Qu'est-ce qui pouvait bien inquiéter une femme dotée d'un corps pareil ? Il n'en avait aucune idée.

Quant à son visage, l'obscurité l'empêchait d'en voir clairement les traits, mais il discerna des pommettes hautes et une bouche pulpeuse. Ses cheveux, relevés en chignon, révélaient son cou gracile.

Dante la suppliait intérieurement d'avancer de sorte qu'il puisse mieux l'observer, lorsqu'un nouvel entrant la força à se décaler pour le laisser passer. La lumière d'un spot éclaira alors son visage.

Dans la seconde, le souffle de Dante se suspendit.

Il n'en crut pas ses yeux.

Elle ?

Ce ne pouvait pas être elle !

Non. Il devait rêver...

1

Douze mois plus tôt

Dante roulait beaucoup trop vite sur la route de campagne sinueuse et en était conscient. La faute en revenait à son humeur massacrante depuis la lecture du testament de son grand-père. Les doigts crispés autour du volant, il maudit son aïeul.

Après avoir été totalement loyal envers lui et à son entière disposition toute sa vie, voilà qu'Arturo lui imposait une ultime exigence outrageante. C'était révoltant !

Un coup d'œil à son appareil de navigation GPS lui indiqua qu'il approchait de sa destination.

Le manoir où avait lieu un mariage.

L'ironie ne lui échappa pas.

Mais c'était en ce lieu qu'il devait retrouver la seule personne capable de l'aider, son avocat, Rafaello Ranieri, dont le cabinet s'occupait des affaires des familles italiennes les plus riches.

Bien que faisant lui-même partie de cette élite, Dante n'avait encore jamais eu recours à ses services professionnels.

Le moment était cependant venu, d'où son voyage dans

cette région reculée du Royaume-Uni, le West Country, où son ami de longue date était un invité du marié italien.

Il se serait volontiers passé d'un tel déplacement, mais si quelqu'un pouvait trouver un moyen de le sortir du piège qui lui était tendu, c'était bien Raf.

Cette pensée allégea quelque peu son humeur.

Hélas, dès son arrivée, Dante déchanta.

— Je suis désolé, mon vieux, ses volontés sont minutieusement rédigées, et donc inattaquables, déclara Raf en lui rendant le testament d'Arturo Cavelli avant d'ajouter, un petit sourire aux lèvres : Je me demande quelle femme va avoir la chance de s'approprier le célibataire le plus convoité d'Italie... Te voilà contraint de finir de papillonner, dirait-on.

Dante lui lança un regard noir.

— C'est tout ce que je peux me permettre, et tu le sais parfaitement. Mon travail ne me laisse pas le temps de mener une relation suivie.

Son ami reprit la flûte de champagne qu'il avait posée sur une console dans un petit salon où ils s'étaient isolés à l'écart des invités pour lire le testament.

— Eh bien, répliqua-t-il, ton grand-père semble avoir voulu rectifier cela. Ou tu te cases, ou tu renonces à son héritage.

— C'est hors de question ! tempêta Dante. J'ai travaillé sans relâche. Je lui ai donné le meilleur de moi-même et j'ai accédé à tous ses désirs !

Son grand-père l'avait recueilli et élevé alors qu'il n'était qu'un petit garçon, après que son père, un homme oisif toute sa vie, avait percuté un arbre en voiture, se tuant avec son épouse, une femme pour qui l'idée de travail se résumait à se faire faire une manucure ou à choisir une robe pour une soirée.

Choqué par la conduite superficielle de ses parents, Arturo

lui avait inculqué le sens du devoir et la valeur de l'argent gagné à force de travail et de persévérance.

En bon élève, Dante avait terminé ses études en économie et finance puis rejoint Cavelli Finance en tant que bras droit de son grand-père. Et futur héritier. Du moins était-ce prévu ainsi. Promis, même.

Or il se retrouvait privé de son destin.

— C'est un coup dur, certes, dit Rafaello d'un ton à présent compatissant. Mais il y a peut-être une échappatoire. Ce testament rend ton mariage obligatoire pour toucher ton héritage. En revanche, il ne fait pas mention de la durée requise pour cette union.

Sentant l'espoir renaître, Dante demanda aussitôt :

— Quelle serait la durée minimale, à ton avis ?

— Deux ans, je dirais, histoire de donner de la crédibilité à ton engagement. Un laps de temps inférieur pourrait faire croire à un arrangement destiné à contourner la volonté d'Arturo et risquerait d'annuler ton héritage.

— Deux ans ? Ça fait un sacré bail ! J'aurai trente-cinq ans à ce moment !

Rafaello haussa les épaules.

— Disons un minimum de dix-huit mois, alors. Tu te sens capable de vivre avec une femme aussi longtemps ?

— Un mariage, quelle que soit sa durée, est la dernière chose que je veux. Mon grand-père n'a cessé de contrôler mes moindres faits et gestes, et maintenant il veut continuer depuis sa tombe ! Il me dépouille même de la liberté de décider de ma vie privée !

— Sauf si tu trouves une femme qui accepte un mariage de complaisance limité dans le temps.

— Autant chercher une aiguille dans une botte de foin, grommela Dante.

Son expérience avec les femmes lui avait prouvé qu'aucune ne se contenterait d'une union n'ayant d'officiel que le nom. Surtout avec un homme aussi riche et en vue que lui. Toutes voudraient une vie de couple, des mondanités pour prouver qu'elles avaient réussi à ravir le cœur d'un célibataire recherché et des enfants afin de se l'attacher à jamais.

Cette idée le démoralisa. Cela revenait à passer du joug de son grand-père à celui d'une femme.

— Ce n'est toutefois pas impossible. Certaines pourraient avoir leurs propres raisons de vouloir une union courte et dénuée de contacts physiques. Des raisons suffisamment sérieuses pour jouer le jeu sans éveiller les soupçons.

L'optimisme de son ami ne convainquit pas Dante.

— Et où en trouverais-je une si accommodante ?

— Qui sait, dit Rafaello en lui passant un bras autour des épaules pour le guider vers la porte. Tu pourrais bien la trouver ici même, ce soir. C'est pourquoi je vais demander à mon ami de te laisser te joindre aux invités.

Dante se contenta d'un marmonnement narquois pour toute réponse.

Connie trouvait épuisant le service lors des événements organisés à Clayton House, mais acceptait ces emplois ponctuels chaque fois qu'ils se présentaient, car leur rémunération était supérieure à celle des remplacements en soirée au pub du village. Or cet argent était on ne peut plus bienvenu quand son seul autre revenu venait de quelques heures de ménage dans deux cottages voisins du sien après le passage de vacanciers. Elle ne pouvait en effet pas laisser sa grand-mère seule pendant la journée, mais sa voisine d'en face, Mme Bowen, était heureuse de la garder le soir.

Cependant, combien de temps cela allait-il durer ? Cette seule pensée lui donna des sueurs froides. Le cottage que son aïeule louait depuis des décennies venait d'être vendu, et le nouveau propriétaire voulait en faire une résidence de vacances, plus rentable à ses yeux qu'une location à l'année.

Où allaient-elles donc aller ? Leur village du West Country s'était peu à peu transformé en lieu de villégiature à la mode, et la municipalité n'avait rien d'autre à leur proposer qu'un minuscule appartement à l'étage d'un immeuble de la ville voisine. Ils lui avaient même suggéré de placer sa grand-mère dans une résidence pour personnes dépendantes.

Des deux options, cette dernière était la pire. De toute manière, même l'appartement ne convenait pas, il était trop différent de leur logement actuel, et sans jardin. Sa grand-mère perdrait tous ses repères. Seul un miracle pourrait lui permettre de rester dans la maison où elle avait vécu toute sa vie.

Mais les miracles n'existaient pas.

Après avoir ramassé les derniers verres abandonnés par les invités sur leur chemin jusqu'à la salle à manger, Connie traversait le hall, lorsqu'une porte s'ouvrit et un homme sortit d'un pas vif, la percutant de plein fouet. Elle poussa un cri tandis que, sous le choc, les verres glissaient de son plateau pour se fracasser au sol.

Au même instant, une voix masculine tonna :

— *Accidenti !*

Connie s'accroupit, posa son plateau et commençait à ramasser les plus gros débris quand deux mains s'activèrent à côté des siennes et la même voix poursuivait :

— *Mi dispiace...* Je vous prie de m'excuser.

Levant les yeux, elle croisa un regard sombre dans un visage... si magnifique qu'il aurait pu appartenir à un acteur de cinéma ! Un instant, éblouie, elle ne put que fixer l'homme, bouche ouverte. Il lui fallut se secouer mentalement pour pouvoir poursuivre sa tâche.

Une autre voix masculine s'éleva alors et un dialogue entre les deux hommes s'ensuivit en italien.

Tous les morceaux rassemblés, Connie se releva.

— Je suis désolée.

— Ce n'est pas votre faute, dit l'homme au visage semblable à celui d'un acteur avant de jeter un coup d'œil à ses pieds et d'ajouter : Du liquide s'est répandu aussi, il va falloir une serpillière.

— Oh ! oui, bien sûr, je...

Soudain à court de mots, elle resta figée face à cet apollon. L'autre homme, plutôt du genre beau ténébreux, intervint alors :

— Bien sûr, une serpillière.

Sous son regard hautain, elle se sentit rougir et fila vers la porte de service.

Pas aimable, celui-là. Quel contraste avec son superbe copain qui l'avait si gentiment aidée à ramasser les morceaux de verre.

Un soupir lui échappa tandis qu'elle posait son plateau dans la cuisine et prenait un balai-serpillière pour aller réparer les dégâts.

L'ami de Rafaello et sa jeune épouse anglaise l'ayant accepté parmi leurs invités, Dante assista au dîner.

— Eh bien, dit Raf d'un ton amusé une fois tout le monde assemblé autour de la piste de danse, voici venu le moment de chercher parmi les femmes célibataires celle apte à accepter le rôle d'épouse de complaisance. J'en vois déjà plusieurs qui t'observent avec intérêt.

Dante ne trouva rien d'amusant à sa réflexion. Vivre sous le contrôle permanent de son grand-père avait été de plus en plus éprouvant au cours des dernières années. Même s'il lui était reconnaissant de l'avoir élevé et de lui avoir procuré la stabilité dont la vie mondaine mouvementée de ses parents l'aurait privé, il avait éprouvé un sentiment de liberté au moment de la mort de son aïeul, décédé d'une crise cardiaque trois mois auparavant.

Il pensait alors pouvoir enfin faire ce qu'il voulait sans rendre de comptes à quiconque. Son poste lui appartenait toujours. Il avait d'ailleurs des projets pour développer leur société – en particulier dans le domaine du financement écologique, ce que son grand-père, conservateur à l'extrême, avait obstinément refusé jusque-là, faisant fi de ses arguments pourtant persuasifs.

Sur le plan de sa vie privée, en revanche, il perdait son libre arbitre avant même d'avoir pu l'exercer. Non pas qu'il ait prévu d'abuser de sa liberté pour mener une existence de plaisir effrénée à l'instar de ses parents, mais il aurait pu concilier plus aisément travail et plaisir.

Or voilà que son grand-père avait trouvé le moyen de lui imposer sa volonté depuis sa tombe !

Une fureur doublée de frustration déferla sur Dante. Il ne pouvait même pas la noyer dans l'alcool, car il avait réservé une chambre dans un hôtel de la ville voisine et devait conduire. De toute manière, il n'avait pas envie de la noyer, mais de la nourrir jusqu'à saturation ! Sa situation avait beau être insoluble, attiser sa rage lui donnait l'impression d'agir.

Connie marchait à grands pas dans l'allée du manoir, tête baissée contre la pluie qui commençait à tomber, et pressée de rentrer libérer Mme Bowen qui gardait sa grand-mère.

Elle tapa le code d'ouverture, puis franchit le portail. Une fois de l'autre côté, elle venait de prendre sa lampe torche dans son sac à main lorsqu'un ronflement de moteur retentit. Le conducteur de la voiture accélérait, de toute évidence pour profiter du portail ouvert.

Elle fit un bond en arrière en voyant le véhicule foncer, trébucha et perdit sa lampe. Elle s'accroupit pour la chercher tandis que la voiture s'arrêtait. Un homme en sortit.

— Tout va bien ?

La voix familière lui fit lever la tête. Le bel Italien qui l'avait aidée à ramasser les débris de verre !

— Oui, j'ai simplement perdu ma lampe.

— La voilà, dit-il en se penchant pour attraper l'appareil sur la route où il avait roulé.

— Euh... je vous remercie.

Au diable sa nervosité face à lui ! Mais à la lumière des spots de sécurité illuminant son visage, il y avait de quoi être troublée. Des traits ciselés, des cheveux aussi foncés que ses yeux – ourlés de longs cils – sur lesquels les gouttes de pluie brillaient comme des diamants.

Il fronça légèrement les sourcils.

— Je vous reconnais. Vous êtes la personne que j'ai bousculée en ouvrant la porte en début de soirée.

— En effet.

— Vous n'avez pas de parapluie ?

— Euh... non.

La pluie se mit à tomber de plus belle. S'apprêtant à lui dire bonsoir et repartir, Connie fit un pas, lorsqu'il lui saisit le bras.

— Montez dans ma voiture, nous allons être trempés si nous restons là.

Et sans attendre sa réponse, il lui ouvrit la porte du passager puis, d'une main au creux de ses reins, lui imprima une légère poussée.

— C'est inutile, je peux continuer à pied.

— Vous plaisantez. Je vais vous ramener chez vous. Où habitez-vous ?

— Dans le village, à moins d'un kilomètre.

Trouvant alors plus facile d'obtempérer, Connie s'assit. La voiture était luxueuse. Jamais elle n'avait eu l'occasion de monter dans un tel véhicule. Un coup d'œil discret tout en attachant sa ceinture de sécurité faillit lui couper le souffle. Il était aussi beau de profil que de face !

— Euh... c'est très aimable à vous de me raccompagner, dit-elle en fixant le pare-brise balayé par les essuie-glaces.

— Vous commencez toujours vos phrases par « Euh » ?

— Je ne m'en rends pas compte. C'est la nervosité, j'imagine.

Il prit un tournant à une vitesse qu'elle trouva excessive, mais elle s'abstint de le lui faire remarquer car il semblait parfaitement maîtriser le véhicule.

— Vous n'avez aucune raison d'être nerveuse. Vous êtes en totale sécurité avec moi, *signorina*.

Connie sentit le rouge lui monter aux joues et bénit l'obscurité de l'habitacle qui dissimulait cette maudite réaction.

Bien sûr qu'elle était en sécurité avec lui. Son type de femmes était plutôt celles invitées au mariage. Belles, au maquillage et à la manucure impeccable et à la tenue de designer.

Il interrompit alors ses pensées tristes mais résignées.

— Nous entrons dans le village. Où dois-je vous déposer ?

— Continuez tout droit. Il y a une petite rue dans le

prolongement de l'église. Le cottage de ma grand-mère est le dernier.

— Vous vivez avec votre grand-mère ?

— Oui. Du moins pour l'instant, car nous allons être obligées de déménager très bientôt.

Que lui avait-il pris de lui donner cette information ? se demanda Connie dès les mots sortis de sa bouche. Il était hélas impossible de les reprendre.

La voiture dépassa l'église et son petit cimetière. Même sous la pluie, les cottages bien alignés avaient un charme indéniable avec leurs jardins fleuris derrière leurs barrières en bois blanches, éclairés par les deux lampadaires.

— C'est dommage, cette rue est charmante.

— Hélas, les autres cottages sont pour la plupart déjà réservés aux locations saisonnières. Notre propriétaire voulant faire de même avec le sien, nous devons partir.

— Cela va être difficile pour votre grand-mère. Les personnes âgées aiment un environnement familier.

Connie trouva étonnant d'entendre ces mots si justes dans la bouche d'un homme tel que lui, mais ne put qu'acquiescer.

— Surtout pour celles atteintes de démence sénile. La nouveauté la perturbe. De plus, rien ne sera aussi agréable que sa maison. Les locations disponibles dans le village sont au-dessus de nos moyens. On m'a proposé un appartement à l'étage d'un immeuble en centre-ville, ou de mettre grand-mère dans une maison pour personnes dépendantes. Aucune de ces solutions n'est idéale, mais je vais devoir me résoudre à en accepter une. Y penser me rend malade.

Sentant sa voix trembler, Connie regretta d'avoir fourni ces détails si personnels à cet inconnu. Par chance, il venait de s'arrêter devant le jardin. La main sur la poignée de la portière, elle se tourna vers lui :

— Je vous remercie de m'avoir raccompagnée. C'était très aimable.

— Je vous en prie.

En descendant de voiture, elle s'autorisa un coup d'œil en arrière. Il la regardait, sourcils soudain froncés, yeux plissés comme s'il réfléchissait.

Ses joues s'enflammèrent. Il devait voir en elle une serveuse quelconque, mal fagotée et en léger surpoids.

Connie se hâta de refermer la portière passager, puis fit un léger signe de main. La voiture démarra.

En soupirant, elle ouvrit le portillon et s'engagea dans la courte allée.

Cet homme était le plus beau qu'elle ait jamais vu...

Et, de toute évidence, elle ne le reverrait jamais.

Le lendemain, en route vers le village où il avait déposé sa passagère la veille au soir, Dante conduisait lentement cette fois. Comme si, bien qu'ayant passé une bonne partie de la nuit à réfléchir, il cherchait des raisons de rebrousser chemin avant d'arriver.

Ce n'était pas le cas.

Il était déterminé à aller jusqu'au bout.

La matinée était déjà bien avancée lorsqu'il dépassa les premières maisons et vit un pub à côté de plusieurs commerces. C'était très pittoresque, typique de l'Angleterre rurale. Les touristes devaient adorer. Les propriétaires n'avaient pas entièrement tort d'exploiter cette source de revenus. Cela devait être lucratif en haute saison.

Cela réduisait toutefois le nombre de logements disponibles pour les résidents...

Dante reconnut alors l'église médiévale et la dépassa.

Quelques minutes plus tard, il s'arrêta devant le cottage. Sous les premiers rayons du soleil estival, la rue était absolument ravissante.

Rien d'étonnant à ce que cette jeune femme ne veuille pas en partir.

Il resta assis sur son siège un petit moment, en proie à une soudaine agitation intérieure. Or l'heure n'était pas à l'émotion. Elle était à l'action rationnelle. Sur ce point, Rafaello était d'accord. Même s'il allait le traiter de fou en apprenant sa décision.

Et il n'aurait pas tort. Fou, il l'était. Enfin, dans une certaine mesure, mais il n'avait guère le choix. S'il voulait déjouer le piège de son grand-père, agir s'imposait. Et vite.

Après avoir pris une profonde inspiration, Dante descendit de voiture, traversa le charmant jardin fleuri jusqu'à la porte d'entrée encadrée d'un rosier grimpant, puis appuya sur la sonnette.

Un son mélodieux s'éleva, troublant le silence de la rue.

Tout fou qu'il soit, le moment était venu de vérifier si la chance était de son côté.

2

Connie fit asseoir sa grand-mère dans un fauteuil de jardin, à l'ombre du parasol. Chaque mouvement prenait un temps fou. Mabel Weston marchait lentement, posait la même question à peine la réponse donnée et, souvent, la répétait quelques minutes plus tard.

C'était frustrant par moments, mais c'était cela la démence sénile. Une maladie cruelle progressive, et létale à terme, dont le seul mérite avait été d'enseigner la patience à Connie. Selon leur médecin traitant, son aïeule pouvait vivre ainsi encore des années. Connie s'était préparée à l'accompagner jusqu'au bout. Et lui aurait assuré une fin de vie paisible dans son environnement familier sans la décision récente du propriétaire.

Force était désormais de trouver un logement confortable et abordable. Car s'il y avait une chose qu'elle refusait d'envisager, c'était bien un établissement spécialisé !

Sa grand-mère confortablement installée, Connie rentra lui préparer une tasse de thé.

Elle ruminait ses soucis devant la bouilloire électrique lorsque la sonnette de la porte d'entrée retentit, la faisant sursauter.

Qui cela pouvait-il être ? Mme Bowen ne venait jamais sans prévenir…

Elle alla ouvrir et se figea à la vue de son visiteur.

Face à la stupéfaction de la jeune femme, Dante douta de la réussite de sa démarche.

Pendant ses réflexions nocturnes, son idée lui avait paru réalisable. À présent, il en mesurait le côté saugrenu.

Mais qu'avait-il à perdre, à part se faire renvoyer dès ses arguments exposés ?

De toute manière, il était trop tard pour reculer.

Après s'être raclé la gorge, il inclina la tête.

— Je vous prie d'excuser cette visite à l'improviste, mais je ne savais pas comment vous prévenir et souhaitais vous parler.

La stupeur de son interlocutrice fit place à la perplexité et à… Oui, c'était cela, de l'incrédulité. Bien sûr ! Comment n'avait-il pas envisagé le possible malentendu ? *C'est ça, vous et moi ensemble !* songea-t-il avec ironie avant de s'en vouloir pour cette pensée à la méchanceté gratuite.

— À quel sujet ?

— Serait-il possible de vous l'expliquer ailleurs que sur le pas de la porte ?

— Oui, répondit-elle en reculant d'un pas. Je vous en prie, entrez.

Le hall ouvrait à droite sur un salon en façade et à gauche sur une cuisine. Un escalier en partait qui devait desservir les chambres. Au fond, une porte était ouverte sur le jardin arrière.

De la main, elle lui indiqua la cuisine.

— J'étais en train de préparer une tasse de thé pour ma grand-mère. Elle prend l'air dehors.

Elle arrêta la bouilloire, versa l'eau dans une tasse contenant le sachet de thé, ajouta du lait, puis du sucre.

Comme elle sortait, Dante la suivit, curieux de rencontrer son aïeule. Après tout, son plan dément reposait sur la vieille dame et ce qu'il avait appris la veille.

La porte arrière ouvrait sur une terrasse dallée avec, au-delà, une pelouse parfaitement tondue bordée de massifs de fleurs. Au bout, se trouvait un petit potager. Le long des murets mitoyens, des arbres d'ornement protégeaient le jardin des regards des voisins. Comme celui donnant sur la rue, celui-ci était ravissant.

Cette fois encore, il comprit que la jeune femme ne veuille pas déménager dans un appartement.

Dante regarda alors la vieille dame assise dans un fauteuil en rotin, de toute évidence très ancien et garni de confortables coussins.

— Bonjour, madame, dit-il en souriant.

Elle leva vers lui deux yeux bleus. Son regard vide trahissait la nature de sa maladie. Sa petite-fille posa la tasse de thé sur la table à côté du fauteuil au centre de laquelle un parasol projetait son ombre sur le visage de la vieille dame.

— Nous avons un visiteur, dit la jeune femme d'une voix légère destinée de toute évidence à égayer et rassurer sa grand-mère. N'est-ce pas agréable ?

Cette dernière ne répondit pas, prit simplement sa tasse, but une gorgée de thé. Sa tasse reposée, elle laissa alors son regard errer sur le jardin. Elle avait l'air calme, paisible, heureux même.

— Rentrons dans le salon, reprit son hôtesse, nous y serons mieux pour discuter.

À l'image du cottage, la pièce était petite mais confortable, avec son canapé recouvert de chintz, un fauteuil, une cheminée, un poste de télévision et un tapis usé au centre.

Le fauteuil étant probablement celui de la grand-mère. Dante s'assit sur le canapé et croisa les jambes.

La jeune femme restant debout, il entra d'emblée dans le vif du sujet.

— Je suis venu vous voir dans le but de vous faire une proposition d'affaires qui nous serait mutuellement bénéfique, et le serait plus encore pour votre grand-mère.

— Pardon ? demanda-t-elle, visiblement déconcertée.

— Laissez-moi vous expliquer.

Dante l'étudia quelques secondes avant de poursuivre. Elle portait un legging – qui pochait aux genoux – surmonté d'une tunique ample dont la forme n'avait rien de flatteur pour sa silhouette. D'autant plus que ses manches courtes serraient de trop le haut de ses bras. Ses cheveux, attachés à la va-vite au sommet de son crâne, ne flattaient pas plus son visage.

Un élan de compassion fondit sur lui. Cette jeune serveuse – dans la vingtaine, estima-t-il – n'avait guère le temps de se soucier de son apparence en s'occupant de sa grand-mère atteinte de démence et cherchait probablement du réconfort dans la nourriture.

Surtout avec la perspective de perdre bientôt sa maison...

Il vit son expression s'assombrir sous son regard, et détourna celui-ci aussitôt. Son examen la dérangeait. Il éprouva une soudaine pitié, qu'il repoussa.

Le moment était venu d'aborder leur affaire.

Et pour lui de s'endurcir.

Connie resta immobile pendant que l'homme au physique d'acteur de cinéma lui exposait sa proposition avec un sérieux impressionnant. Comme s'il ne remarquait pas son incrédulité grandissante au fur et à mesure de ses paroles. Car, si elle en croyait ses oreilles, ce qu'il lui disait était...

Impossible.

Insensé.

Burlesque, pour ne pas dire absurde !

Lorsqu'il se tut, Connie le regarda, trop interloquée pour parler.

— Alors, qu'en pensez-vous ? demanda-t-il enfin, toujours aussi impassible.

— Vous n'êtes pas sérieux, n'est-ce pas ?

Il cilla, lui prouvant qu'il se posait la même question. Pourtant, il avait parlé avec gravité. Un brusque nœud serra le ventre de Connie.

— Ma proposition est tout à fait logique.

Elle ouvrit la bouche, puis la referma. Non, cela n'avait rien de logique !

Mais il poursuivait déjà, du même ton pondéré. Comme si, réalisa-t-elle, il se forçait à parler.

C'était cela, évidemment ! Aucun homme sensé ne ferait pareille proposition à une femme comme elle avec ses kilos en trop et son accoutrement négligé !

Dans la seconde, elle sentit ses joues s'empourprer et dut rassembler tout son courage pour ne pas fuir. Dieu qu'elle détestait son apparence ces temps-ci.

Surtout face à un homme aussi séduisant.

Connie combattit ces pensées. L'écouter ne rimait à rien, et accorder le moindre crédit à ses paroles était carrément absurde.

Il se leva alors. Sa tête touchait presque les poutres

apparentes du salon. Il devait donc mesurer près d'un mètre quatre-vingt-dix.

— Je vous laisse réfléchir à ma proposition, dit-il enfin d'un ton toujours aussi impersonnel.

Mettant une main dans la poche intérieure de son costume – aussi élégant que celui qu'il portait la veille au soir – il sortit une carte de visite qu'il lui tendit.

Connie la prit.

— Je vous conseille de procéder à quelques recherches sur moi. Je ne peux hélas pas vous accorder beaucoup de temps. J'ai besoin de votre réponse à la fin de la semaine.

Sa réponse était évidente, il avait même dû la deviner à son état de stupéfaction. Elle s'apprêtait donc à la lui donner sans attendre lorsqu'il l'arrêta d'une main levée.

— Non, dit-il tandis que l'ébauche d'un sourire relevait les coins de sa bouche. Vous devez réfléchir sérieusement. Tout comme je l'ai fait.

— Comment auriez-vous pu ? Nous ne nous sommes rencontrés qu'hier, si tant est qu'on puisse parler de rencontre !

Il haussa les épaules.

— Je vous l'ai dit. Le temps presse. Si nous faisons affaire, cela doit être très vite.

Il traversa alors la pièce, visiblement décidé à partir, ouvrit la porte puis, se tournant, ajouta d'un ton qu'elle trouva presque conspirationnel :

— Tout paraît insensé, mais c'est très logique.

Que répondre à cela ? Rien, d'autant plus que son visiteur avait déjà franchi la porte et était presque arrivé au portillon.

Les jambes soudain en coton, Connie referma la porte, puis alla s'asseoir dans le salon et se remémora les grandes lignes de la proposition du bel Italien.

Épouser un quasi-inconnu et rester mariée pendant

dix-huit mois afin qu'il entre en pleine possession de son héritage. En contrepartie, sa grand-mère finirait ses jours en paix dans son cottage...

Elle avait dû rêver !

C'était la seule explication.

Car rien n'avait pas de sens autrement...

Après avoir quitté son hôtel, Dante monta en voiture et composa le numéro de son vieil ami. Comme la sonnerie s'éternisait, il tapota impatiemment le volant du bout des doigts.

Raf, réponds, bon sang !

Il devait rentrer à Milan pour rencontrer les avocats et exécuteurs testamentaires de son grand-père afin de leur annoncer sans attendre qu'il remplissait la condition imposée et pourrait donc sous peu entrer en pleine possession de son héritage.

La voix ensommeillée de son ami s'éleva soudain.

— Qu'est-ce qui te prend de me réveiller à cette heure, Dante ? Où es-tu ?

— Je pars pour Milan. J'ai trouvé la femme à épouser.

— Quoi ? Qui ?

Dante prit une rapide inspiration.

— La serveuse qui a renversé son plateau de verres au mariage.

Cette information finit de réveiller Rafaello qui s'exclama :

— Ma parole, tu as perdu la tête ou quoi ?

Son ami avait peut-être raison, mais cela ne l'arrêterait pas. Il ne pouvait pas se permettre de renoncer.

Dante expliqua donc les détails de sa proposition à Connie

Weston. Rafaello l'écouta en silence, puis laissa tomber d'un ton froid :

— Je ne veux plus entendre parler de toi tant que tu n'as pas retrouvé ta santé mentale.

Là-dessus, il raccrocha.

Dante lança son téléphone sur le siège passager. Peu lui importait que Raf le comprenne. C'était sa vie, son problème et sa manière de le résoudre !

Tandis qu'il démarrait sur les chapeaux de roues, un dicton lui vint à l'esprit : « La fin justifie les moyens ».

Dans son cas, c'était son diable de grand-père qui l'avait forcé à prendre cette décision extrême.

Sa grand-mère somnolant à l'ombre du parasol, Connie examina la carte de visite que venait de lui donner le dénommé Dante Cavelli. Suivant son conseil, elle ouvrit son ordinateur et tapa « Cavelli Finance » dans la barre de recherche. Une série de liens apparurent. La plupart la dirigèrent sur des articles de revues économiques essentiellement en italien. Elle afficha les traductions et les parcourut. La société existait bel et bien.

Elle suivit ensuite les liens ouvrant sur les pages mondaines. Le bel Italien s'y trouvait, parfois en compagnie de son grand-père, Arturo Cavelli. Un homme d'un certain âge au visage sévère, le fondateur de Cavelli Finance. Plus souvent, Dante apparaissait accompagné de jeunes femmes, toutes différentes mais avec pour points communs la beauté et l'élégance. Des femmes soignées, dont les doigts aux ongles parfaitement manucurés serraient de manière possessive son bras.

Au début, Connie s'était demandé si ce séduisant Italien

ne lui faisait pas une blague, mais il lui avait expliqué ne pas pouvoir épouser une de ses relations car aucune n'aurait accepté les limites physiques et temporelles qu'il mettait à ce mariage.

C'était évident. Aucune de ces superbes créatures n'aurait voulu de telles limitations...

C'est pourquoi il avait pensé à elle, une insignifiante serveuse occasionnelle qui ne se ferait jamais d'illusion sur ce qu'il était prêt à lui donner.

Et il le lui avait énoncé en termes on ne peut plus clairs. Il voulait une épouse dont les interactions avec lui se réduiraient au minimum requis pour donner l'impression d'un véritable mariage. Or le fait qu'elle réside dans un pays différent du sien facilitait cela. Bien sûr, en dédommagement, elle recevrait une somme importante. Un montant qui lui avait coupé le souffle. Mais, plus que cette somme, c'étaient les autres avantages qui l'avaient poussée à réfléchir.

« Le jour de notre mariage, vous recevrez l'acte de propriété du cottage – je m'occupe personnellement de toutes les démarches. Ensuite, pendant toute sa durée, je vous verserai six mille livres sterling par mois. Je vous fournirai aussi une voiture. Vos frais de déplacement, lorsque vous devrez me rejoindre pour la crédibilité de notre union, seront pris en charge séparément. Si l'état de votre grand-mère nécessite des soins – et ce, même après notre séparation –, je les prendrai à ma charge. Outre cela, j'engagerai une infirmière spécialisée pour vous assister tout du long, ce qui vous soulagera. »

Il avait poursuivi en lui donnant des informations sur sa situation professionnelle et financière, qu'il lui avait conseillé de vérifier.

Tout était exact, et Dante Cavelli, déjà bien à l'abri du

besoin, allait devenir un homme immensément riche par le seul fait de se marier.

Avec elle !

Le soir venu, couchée dans son petit lit, incapable de trouver le sommeil, Connie fixa les poutres apparentes du plafond.

Cette chambre était la sienne depuis l'accident qui avait coûté la vie de ses chers parents et l'avait obligée à passer des semaines à l'hôpital.

D'une seconde à l'autre, son monde heureux avait volé en éclats. C'était sa grand-mère qui, avec ses soins et son inlassable bienveillance, avait redonné des couleurs à sa vie, dans ce cottage, puis l'avait soutenue dans la peine comme dans la joie. Il était donc hors de question de ne pas en faire autant au moment où elle avait le plus besoin d'elle.

Entendre le diagnostic de démence, deux ans auparavant, avait été un véritable choc. Recevoir l'avis d'expulsion avait presque été pire.

À l'extérieur, une chouette hulula, puis l'horloge du village sonna l'heure suivante.

Connie se remémora de nouveau les événements de la journée, et repassa en revue tous les arguments du beau Dante Cavelli. Un mariage avec lui ne présentait en fait que des avantages.

À l'idée de l'épouser, son cœur se mit à palpiter.

Mais était-elle capable de le faire ?

Oui.

Pour assurer une vieillesse tranquille à sa grand-mère, elle en était capable.

Et elle le ferait.

Connie sentit les larmes lui picoter les yeux tandis qu'un intense sentiment de gratitude l'envahissait.

Le miracle inespéré avait eu lieu.

Pour la première fois depuis l'annonce du projet du nouveau propriétaire pour le cottage, elle dormit enfin d'un sommeil paisible. Anxiété, soucis et peur avaient disparu.

Dans l'antichambre de la salle de l'officier d'état civil, Dante attendait avec une tension grandissante l'arrivée de la femme qui avait accepté de l'épouser. Le chauffeur qu'il avait envoyé la chercher aurait dû arriver. Il l'avait dépêché chez elle suffisamment à l'avance pour éviter tout retard. Malgré cela, elle n'était toujours pas là.

Aurait-elle changé d'avis à la dernière minute ?

Non, c'était improbable.

Connie Weston lui avait fait l'effet d'une personne équilibrée et surtout entièrement dévouée au bien-être de sa grand-mère, au point de faire d'elle sa priorité. Ce pour quoi il la respectait.

Dans son cartable se trouvaient tous les documents nécessaires à son mariage au Royaume-Uni, ainsi que le titre de propriété du cottage, facilement obtenu en l'échange d'une somme conséquente.

En définitive, tout le monde avait un prix.

Sa presque épouse aussi.

Elle arrivait, d'ailleurs, à en juger par le bruit des talons qui claquaient à toute allure sur le sol dallé du couloir.

La rancœur le titilla de nouveau. Devoir en arriver à une telle extrémité pour entrer en possession de l'héritage qui lui revenait de droit était exaspérant.

Mais Connie n'était plus la quasi-inconnue de sa première visite au cottage. Il l'avait revue à son retour de Milan pour entendre sa réponse, lui donner la liste des documents nécessaires à rassembler en vue du mariage et lui expliquer ce qu'il attendait exactement d'elle une fois leur union officialisée. Puis elle l'avait retrouvé pour la signature du contrat prénuptial précisant la somme qui lui reviendrait après leur séparation.

Sur ce point, il s'était montré généreux. C'était la moindre des choses puisque, grâce à elle, il pouvait toucher son héritage.

Ce qu'il comptait faire en l'emmenant dès la fin de la cérémonie à Milan pour la présenter aux avocats de son grand-père. Cette formalité effectuée, il aurait enfin accès au contrôle total de Cavelli Finance !

La porte s'ouvrit. Connie entra.

— Je suis navrée d'être en retard.

— Ce n'est pas grave, asseyez-vous une minute et reprenez votre souffle.

De toute évidence, elle avait dû courir depuis la voiture. Il prit le temps de l'examiner. Elle était vêtue d'une robe en forme de… sac. Ce fut le premier mot qui vint à l'esprit de Dante. Mais sa couleur faisait ressortir le bleu de ses yeux. Un bleu étonnamment profond…

Il se demanda aussitôt comment elle serait, maquillée, bien coiffée et avec des vêtements à la mode, puis refoula cette pensée. L'attirance physique n'entrait pas en ligne de compte dans leur mariage. De toute manière, Connie semblait détester se sentir examinée, contrairement à ses anciennes compagnes toujours en quête de compliments.

— Me sentir sur le départ avait rendu ma grand-mère nerveuse. Tout changement la perturbe. Heureusement, l'infirmière que vous avez engagée est très compétente et aimable. Elle m'a assuré que tout se passerait bien. Je suis vraiment désolée.

Un élan de pitié frappa Dante de plein fouet.

— Vous n'avez pas à vous excuser. Vous préoccuper de

votre grand-mère est normal. Je suis sûr qu'elle va s'habituer, et vous serez de retour chez vous au plus tard dans trois jours. On y va ?

Attendre plus longtemps ne servait à rien. Tous deux avaient des raisons impérieuses de franchir le pas.

Comme ils se levaient, il vit Connie prendre une profonde inspiration et réalisa soudain qu'elle était terrifiée. En réaction, sa propre tension le déserta brusquement. Il lui prit les mains et les serra, accompagnant son geste d'un regard rassurant.

— Tout va bien se passer. Je vous le promets. Ce mariage est bénéfique pour nous deux, et vous agissez pour le bien de votre grand-mère.

Il lui adressa un sourire, puis lui lâcha les mains et ouvrit la porte du bureau où les attendaient les deux employés de la mairie devant faire office de témoins, ainsi que l'officier d'état civil.

— Ah, monsieur Cavelli et mademoiselle Weston, dit ce dernier d'un ton affable, vous voilà enfin. Vous êtes prêts ?

— Oui, répondit Dante pour eux deux.

La cérémonie fut brève. Malgré sa nervosité évidente, Connie répondit clairement aux questions, puis ils signèrent tous deux le registre.

Ça y était.

Il était un homme marié.

Son héritage lui appartenait enfin.

Et il était avec la toute nouvelle *signora* Cavelli.

Un instant complètement irréel.

— Nous faisons étape à Londres avant Milan ? demanda Connie une fois dans la voiture.

— Non, le vol est direct.

— Ah bon ? J'ignorais que notre aéroport régional desservait cette destination.

— Il ne le fait pas. Nous prenons un jet privé.

— Oh…, dit-elle, faute de trouver une autre réponse.

Dante ne semblait d'ailleurs pas en attendre, car il sortit son téléphone et se mit à taper un message, l'air absorbé.

Comme lui, elle en envoya un, à l'infirmière, lui demandant comment allait sa grand-mère. Celle-ci était en train de déjeuner et semblait moins agitée. Cette réponse ne la rassura qu'à moitié. Se savoir éloignée d'elle l'angoissait.

Tout comme la tournure que venait de prendre sa vie. Elle avait l'impression de baigner dans l'irréel. Mais il en était ainsi depuis le retour de Dante Cavelli après sa première visite au cottage et sa proposition à peine croyable.

Si l'officier d'état civil avait trouvé étrange de marier deux personnes aussi différentes, il n'en avait rien dit. D'autres risquaient de ne pas avoir la même délicatesse. Connie imagina aussitôt les regards incrédules et les murmures désobligeants à la vue de leur couple à leur arrivée en Italie. Non seulement le sublime célibataire revenait dans son pays marié, mais en plus à une femme ni belle, ni mince, ni élégante comme celle que tous s'attendaient certainement à lui voir choisir.

Mais les gens parleraient en italien, donc le sens de leurs commentaires lui échapperait. S'en douter cependant suffit à la décontenancer davantage. Elle se raisonna très vite. Peu lui importait l'opinion d'inconnus. Malgré cette assurance, un soupir lui échappa. Par malchance, Dante tourna la tête à cet instant précis.

Dieu qu'il était beau ! Tout était parfait en lui, son physique, les traits de son visage. Jusqu'à ses vêtements – de toute évidence faits sur mesure – et ce charme décontracté que seuls les mâles italiens semblaient posséder. Bref, il attirait son regard comme un aimant.

Or l'admirer sans vergogne était la dernière chose à faire. Enfin, ce n'était pas interdit, à condition de ne pas se faire prendre sur le fait. Ce serait plus qu'embarrassant. Mortifiant.

Pourtant, il devait être habitué à voir les femmes se pâmer devant lui.

Même celles aussi peu attirantes qu'elle.

Connie avait toutefois fait l'effort de mettre une robe pour l'occasion, mais, découragée par l'ampleur du travail nécessaire de maquillage et coiffure pour un résultat qui ne la transformerait jamais en épouse digne de Dante Cavelli, elle avait abandonné.

De toute manière, il ne l'avait pas épousée pour sa beauté, son charme ou son élégance, mais parce qu'elle s'était engagée à respecter ses consignes et à ne rien demander d'autre que ce qu'il lui offrait.

Le titre de propriété du cottage et la sécurité financière pour sa grand-mère et elle étaient inestimables. Elle lui en serait à jamais reconnaissante.

— Alors, comment vous sentez-vous ? demanda-t-il.

Son ton amical la rasséréna quelque peu. Une amitié, voilà tout ce qui était possible entre eux. Connie le verrait ainsi désormais, comme un compagnon de route temporaire. Ignorer la beauté flagrante de Dante et sa propre insignifiance était la seule manière possible de gérer leurs rapports. Après tout, ils se retrouvaient ensemble pour résoudre leurs problèmes respectifs. Rien de plus. Alors, autant être franche.

— À vrai dire, je me sens… en terrain inconnu. Il doit en être de même pour vous, j'imagine.

Il hocha la tête.

— Nous nous y habituerons. Notre séjour à Milan sera bref. Nous ne rencontrerons que les exécuteurs testamentaires de mon grand-père à Milan. À savoir, ses avocats.

Une pensée traversa l'esprit de Connie.

— Dans la mesure où vous êtes son seul petit-fils, pourquoi ne vous a-t-il pas confié ce rôle ?

— Il a dû craindre qu'en tant que tel je trouve un moyen de contourner la condition imposée.

— Mais vous y êtes arrivé.

— Exactement, lâcha-t-il, lèvres pincées.

À cet instant, ils arrivèrent à l'aéroport. Le chauffeur les conduisit dans une zone à l'écart des vols commerciaux, directement sur le tarmac où un petit avion les attendait. Une hôtesse les accueillit, réservant l'essentiel de son attention à Dante. Rien d'étonnant à cela, il était le genre d'homme que l'on remarquait. Pas elle. Cela ne l'empêcha pas d'avoir l'impression de vivre dans un rêve.

Son tout nouvel époux lui indiqua un profond fauteuil en cuir, puis prit place dans celui d'en face.

— Si vous voulez bien m'excuser, je dois travailler pendant le vol. Notre mariage me donne enfin le droit de prendre pour Cavelli Finance les décisions exécutives qui sont devenues pressantes depuis le décès de mon grand-père. Cela va occuper le plus clair de mon temps dans les mois qui viennent, aussi je souhaite m'y mettre dès maintenant.

— Je vous en prie.

Comme le pilote lançait les moteurs, Connie se renfonça dans son siège, en proie à une soudaine excitation. Son dernier voyage en avion remontait à des années, une semaine à Corfou pour fêter la réussite de son premier diplôme universitaire. Plus de voyages depuis qu'elle avait dû consacrer son temps à sa grand-mère...

Raison de plus pour apprécier celui-ci, décida-t-elle. En jet privé en plus !

Au moment où l'avion s'élançait sur la piste de décollage, elle resserra les doigts sur l'accoudoir.

— Vous êtes nerveuse ? demanda Dante.

— Non, c'est extraordinaire.

S'il remarqua sa joie, il ne la commenta pas.

— Waouh ! s'exclama-t-elle quand les roues quittèrent la piste. Les sensations sont accrues dans un si petit avion.

— En effet.

Lui semblait totalement indifférent à cette expérience. Mais un jet privé n'avait visiblement rien de nouveau pour lui. Cela lui donna une conscience aiguë de l'étendue de sa richesse.

Obtenue grâce à leur mariage.

Connie était peut-être la dernière femme qu'il aurait choisi d'épouser mais, en acceptant ce mariage, elle lui avait rendu un service aussi important que celui qu'il lui rendait. Une idée à garder à l'esprit pour éviter de se laisser subjuguer.

Il avait ramené les yeux sur son ordinateur, était concentré sur son travail. Malgré sa détermination à ignorer la beauté de Dante, une profonde émotion l'envahit. Il était si sublime qu'elle ne pouvait détacher les yeux de lui...

Une fois l'avion en altitude de croisière, l'hôtesse se présenta devant eux.

— Désirez-vous un apéritif avant le déjeuner, *signor* Cavelli ?

Dante releva la tête et interrogea Connie.

Son exaltation précédente la déserta aussitôt, remplacée par une aversion soudaine pour la jeune hôtesse qui visiblement la considérait comme ni assez belle ni assez élégante pour voyager avec un passager aussi divin que le *signor* Cavelli.

Piquée au vif, elle releva le menton pour déclarer :

— Eh bien, du champagne me semble d'actualité.

Après tout, c'était la boisson parfaite pour fêter l'immense fortune dont Dante allait entrer en possession grâce à elle, et l'assurance de voir sa grand-mère finir ses jours dans le bien-être grâce à lui.

Et même si leur mariage étonnait les autres autant qu'elle, ils devaient le célébrer.

Dante rit avant d'annoncer à l'hôtesse :

— Vous avez entendu ? Champagne ce sera.

Celle-ci partie, il murmura :

— Vous avez raison. Nous avons tous deux obtenu ce que nous voulions, ça se fête.

Quelques minutes plus tard, l'hôtesse revint avec deux flûtes sur un plateau. Elle en tendit une avec un sourire de pure forme à Connie, avant de tendre la seconde avec un sourire très chaleureux cette fois à Dante, puis de repartir.

Il trinqua alors :

— À la réalisation de nos souhaits.

Connie prit une gorgée de champagne tout en regardant l'homme qu'elle venait d'épouser. La même émotion que précédemment emplit à nouveau son cœur d'une chaleur pourtant bien déplacée.

« À la réalisation de nos souhaits. »

Comme le toast de Dante résonnait dans sa tête, un sentiment d'abattement lui fondit dessus.

Le sien ne se réaliserait jamais...

3

Onze mois plus tard

Dante lut le mail de Connie. Sa brièveté était poignante.

Grand-mère s'éteint tout doucement. C'est une question de jours selon le médecin. Elle est à présent en soins de fin de vie.

Il l'appela aussitôt et l'écouta. Elle avait besoin de parler, il le savait.

Il la connaissait mieux à présent. Aussi minimaliste que soit leur mariage, une certaine familiarité s'était installée entre eux. Bien que Connie ne soit pas revenue en Italie depuis leur aller-retour à Milan, lui était allé régulièrement passer le week-end en sa compagnie. Pas dans le cottage qui ne possédait que deux chambres, mais dans l'un de ceux en location saisonnière dans la même rue. Des voyages destinés à prouver la véracité de leur mariage aux avocats de son grand-père, mais il avait trouvé reposant d'être à la campagne, loin de l'agitation constante de la ville et des demandes stressantes de la haute finance.

Connie était d'un naturel doux, calme et peu exigeant, ce qui était particulièrement rafraîchissant.

Au fil de leurs rencontres, ils s'étaient habitués l'un à l'autre. Même s'ils venaient de pays et de mondes différents, leurs vies présentaient certaines similarités. Tous deux avaient perdu leurs parents jeunes dans des situations semblables – des personnes posées et aimantes pour les Weston, frivoles et indifférentes pour les Cavelli – et avaient été élevés par un grand-parent. Cela leur permettait de mieux se comprendre.

Dante avait pris l'habitude d'appeler Connie le dimanche soir. Sachant qu'elle avait besoin de confier les soucis que lui causait la santé de sa grand-mère, il l'écoutait. En retour, il lui racontait sa semaine de travail, lui parlait de ses clients et des endroits où il se rendait pour les rencontrer.

Plusieurs fois, ils étaient allés à Londres où ils descendaient dans une suite de son hôtel habituel. Là encore, pour sauver les apparences. Mais il la sentait toujours inquiète loin de sa grand-mère, même avec une infirmière sur place. Il respectait et admirait sa dévotion à son aïeule. Compatissait à ses soucis.

À présent, après une série de petites attaques, chacune l'affaiblissant davantage, la santé de Mabel Weston semblait s'être sérieusement détériorée.

Dante rassura donc Connie comme il put :

— Sa vie touche lentement à sa fin. C'est triste, mais vous savoir près d'elle lui fait certainement beaucoup de bien et sa longue épreuve se termine.

Tout comme la longue épreuve de sa petite-fille. Ce qu'il se garda de lui préciser. Pourtant, lors de ses derniers week-ends dans le West Country, il avait été frappé de trouver Connie si épuisée. Rien d'étonnant quand, malgré les fonds nécessaires pour assurer une aide à temps complet, elle préférait s'occuper de sa grand-mère elle-même, se levant en pleine nuit pour l'aider à se rendormir et déployant des trésors de patience pour la faire manger ou simplement s'hydrater. Et ceci sans parler des soins corporels dont elle tenait à se charger.

— Je prendrai l'avion demain matin, dit-il alors.

— Je vous en prie, n'en faites rien. Votre offre me touche, mais j'aimerais passer les derniers moments de grand-mère seule avec elle.

Quoique surpris, Dante le comprit.

— Bien sûr. Si toutefois vous changez d'avis, dites-le-moi. Et si je puis faire quoi que ce soit aussi.

— Je vous remercie. Je dois y aller, maintenant, l'infirmière de nuit arrive.

La conversation terminée, Dante s'inquiéta. Comment allait réagir Connie quand Mabel Weston mourrait ?

Et quelles répercussions cela aurait-il sur leur étrange mariage ?

Il n'avait aucune réponse à cette dernière question.

Assise sur un banc dans le cimetière, Connie regardait la tombe prête à accueillir sa grand-mère aux côtés de son cher époux disparu des années auparavant – en fait, longtemps avant que les parents de Connie décèdent tragiquement et qu'elle vienne habiter avec son aïeule encore frappée de chagrin.

La terre ouverte la fit penser à une blessure fraîche faisant écho à la douleur de son cœur. Même en sachant que la crise cardiaque fatale de Mabel l'avait arrachée aux griffes cruelles de la démence, celle-ci lui manquait terriblement.

Dante avait tenu à venir de Milan assister à l'enterrement. « Ma place est auprès de vous », lui avait-il dit d'un ton calme mais ferme.

Elle lui en était si reconnaissante. Pas seulement pour

le confort financier qu'il lui avait procuré, mais pour sa compassion et son soutien qui l'avaient aidée. Elle s'était sentie moins seule.

Bien sûr, au cours de la dernière semaine, ses voisins, le prêtre et les auxiliaires de vie avaient été présents avec leurs paroles réconfortantes et leur aide pratique. Toutefois, en fin de journée, tous rentraient chez eux. Quant à ses amis et camarades d'université, ils poursuivaient leurs études et leur vie, pour la plupart bien loin du village. Avoir la charge principale de sa grand-mère l'avait isolée sur les plans physique et relationnel, et coupée des autres.

Avec Dante, malgré l'étrangeté de leur mariage atypique, c'était différent. Le fait d'être ensemble pour une raison et un temps déterminé avait créé un lien privé aussi bien que personnel entre eux.

Au fil des mois, Connie s'était sentie de plus en plus à l'aise avec lui et avait pris l'habitude de partager ses soucis et ses peurs concernant Mabel, mais aussi les tracas du quotidien. L'écouter lui parler de sa vie en Italie avait été une ouverture sur un autre monde. Il était devenu un personnage familier, réconfortant.

Au village, personne n'était au courant de son mariage. Elle avait conservé son nom de jeune fille et ne portait pas d'alliance. Aux yeux de tous, il était un cousin éloigné de feu son père qui avait repris contact et lui apportait aide et soutien. Les gens avaient cru à cette histoire. Pour une raison très simple. Nul n'aurait pu imaginer qu'un homme tel que Dante Cavelli puisse s'intéresser à elle de manière romantique.

Après un dernier regard brouillé de larmes, Connie se leva. Le soir commençait à tomber, les corbeaux croassaient dans les arbres en bordure du cimetière. Elle rentra dans le cottage vide prendre une douche, se laver les cheveux, se rendre présentable pour l'enterrement qui aurait lieu le lendemain, et se forcer à manger quelque chose.

Son appétit avait disparu au cours des dernières semaines, lorsque la santé de sa grand-mère s'était brutalement détériorée. La nourriture avait cessé de lui procurer du réconfort. Elle avait beaucoup maigri, mais ne s'en souciait pas. Son apparence lui était devenue indifférente dès l'instant où elle avait consacré son temps à prendre soin de son aïeule. Dante non plus, d'ailleurs, ne semblait pas lui attacher d'importance...

Elle repensa au toast qu'il avait porté dans l'avion juste après leur mariage : « À la réalisation de nos souhaits ».

Eh bien, il était entré en pleine possession de son héritage, et Mabel avait passé ses derniers jours en paix dans son cottage.

Revenir au cimetière et la voir disparaître à jamais sous terre allait être insupportable...

Par chance, Dante serait à ses côtés.

Cette pensée lui apporta un soulagement inattendu et Connie s'y raccrocha avec une force surprenante.

Dante regarda les croque-morts abaisser le cercueil dans la tombe. À côté de lui, Connie tout de noir vêtue pleurait en silence.

Il se souvint alors des funérailles de son grand-père. La soudaineté de sa crise cardiaque fatale l'avait tellement surpris que son chagrin en avait été presque atténué. En dépit de son âge, le vieil homme lui avait toujours semblé invincible. Dante n'avait pas un instant imaginé le voir disparaître. Pourtant c'était arrivé, et cela l'avait laissé seul au monde.

Comme Connie, à présent.

Ils n'avaient plus personne.

Qu'eux deux.

Bizarrement, cette pensée le perturba.

Comme le prêtre finissait son allocution, un sanglot plus fort échappa à Connie. Dante lui passa aussitôt un bras autour des épaules pour lui procurer le réconfort dont elle avait visiblement besoin. Son corps tremblait. Il trouva étrange de le sentir si près du sien mais, en même temps, cela lui parut naturel. Lui aussi s'était trouvé sans parent ni ami pour le soutenir ou vers qui il aurait pu se tourner dans la même situation.

La cérémonie terminée, ils prirent congé du prêtre et des voisins, puis il raccompagna Connie au cottage. Ne se sentant pas le courage de partager sa peine, elle avait refusé la traditionnelle veillée à la mémoire de la défunte.

En arrivant, il la débarrassa de son châle. Elle avait beaucoup maigri, c'était visible à sa robe de deuil qui flottait sur son corps. Ses yeux au bleu si intense qui s'étaient illuminés d'excitation dans le jet vers Milan, après leur mariage, étaient à présent rougis de larmes.

— Je vais vous préparer une tasse de thé, dit-il.

Le remède anglais à tous les problèmes, y compris le chagrin...

À son retour de la cuisine avec un mug de thé pour elle et un de café instantané pour lui, il la trouva assise sur le canapé, les yeux rivés dans le fauteuil désormais vide. Un souvenir s'imposa à sa mémoire.

— Lorsque je suis entré dans le bureau de mon grand-père après ses funérailles, la vue du fauteuil dans lequel il ne s'assiérait plus jamais m'a été intolérable...

Sa voix se brisant, il tendit son mug à Connie, puis prit

place à l'autre extrémité du canapé et resserra la main autour de sa tasse.

Elle tourna la tête vers lui et le regarda à travers ses larmes.

— Je vois grand-mère assise ici, bien qu'elle ne s'y soit plus installée depuis des semaines.

Sa voix était basse, rauque, épuisée.

— La douleur s'estompera, je vous le promets. Plus tard, vous ne conserverez que les bons souvenirs.

Mais Dante savait que ce n'était pas entièrement vrai. La condition que lui avait imposée le vieil homme pour lui permettre d'entrer en possession de son héritage le rongeait encore d'amertume. À cause de lui, il avait été contraint de se marier... D'épouser une totale inconnue.

Mais Connie ne lui était plus inconnue...

— Ma grand-mère me manque tellement, murmura-t-elle. Savoir que je ne la reverrai jamais est...

Sa voix se brisa, ses yeux s'emplirent de larmes et leur bleu en devint presque gris.

Un élan de pitié fondit sur Dante.

Sans les manigances de son grand-père, il n'aurait jamais connu Connie. Mais il était à ses côtés, le témoin de son chagrin, et il comprenait sa peine.

Il réalisa alors qu'il avait, sans même s'en rendre compte, posé son mug sur la table basse et pris une des mains de Connie qui jusque-là reposait inerte sur ses genoux. Le canapé étant très petit, il lui aurait suffi d'un infime mouvement pour l'attirer dans ses bras et lui offrir le réconfort humain qu'autorisait le chagrin.

Mais était-ce son chagrin seul qui lui donnait-il envie de le faire ?

Dante regarda plus attentivement son visage. Ses traits tirés accentuaient ses pommettes, faisaient ressortir sa bouche et donnaient de la profondeur à ses yeux dans lesquels les larmes brillaient comme de minuscules diamants.

Il éprouva une étrange émotion, l'impression d'être proche d'elle comme il ne l'avait jamais été d'une autre femme auparavant. Peut-être en raison de la similitude de leur expérience du deuil. Ou pas. Quoi qu'il en soit, il garda sa main sans rien dire. Le silence tomba entre eux, seulement ponctué par le tic-tac régulier de la pendule posée sur le manteau de la cheminée. Lorsqu'elle resserra ses doigts autour des siens, il en fit autant.

Connie lui ayant dit avant la cérémonie qu'elle désirait passer la soirée seule, Dante finit par se lever. Arrivé à la porte, il se tourna :

— Je sais que vous traversez une période extrêmement douloureuse. Aussi, si vous avez besoin de quoi que ce soit, appelez-moi et je serai là dans les vingt-quatre heures. D'accord ?

— Merci, c'est très gentil, répondit-elle d'une voix étranglée.

La sentant à bout de forces, il lui prit une main et la serra.

— Vous avez été une petite-fille loyale et aimante, dévouée jusqu'au dernier jour. Vous pouvez en être fière. Votre grand-mère ne souffre plus, maintenant. Elle repose en paix.

Connie ne répondit pas. Elle ne pouvait visiblement pas parler. Les larmes se remirent à couler en silence sur ses joues, ses épaules se courbèrent.

Dante quitta le salon, sortit et, une fois la porte refermée derrière lui, resta immobile sur le petit perron quelques minutes, inquiet. Mais, conscient du désir d'intimité de Connie, il rejoignit sa voiture et partit.

Les deux semaines qui suivirent l'enterrement se déroulèrent comme dans un brouillard. Connie se levait, vaquait aux tâches indispensables, puis attendait que le temps passe, se remémorant les jours heureux. Tout dans le cottage lui rappelait sa grand-mère. Il lui semblait même encore entendre le son de sa voix parfois. Le soir venu, l'angoisse montait, la douleur devenait insupportable par moments.

Elle était entièrement seule à présent.

Enfin, il y avait Dante. Mais, aussi gentil et aidant qu'il soit, elle ne pouvait pas s'appuyer sur lui ad vitam æternam. Leur mariage se terminerait dans sept mois. Qu'allait-elle faire après ?

À ce point de ses réflexions, la fatigue morale la terrassait et un sommeil bienvenu finissait par l'emporter dans un monde exempt de soucis.

Un matin, en cherchant que mettre, Connie réalisa à quel point sa garde-robe était peu élégante. Qui plus est, le reflet de son corps dans le miroir l'horrifia.

Sa silhouette n'avait certes jamais été parfaite, il lui avait toujours fallu faire attention de ne pas donner libre cours à sa gourmandise naturelle sous peine de voir les rondeurs s'installer. Elle y était parvenue et avait pris soin de sa toilette jusqu'à ce que Mabel tombe malade. De ce moment, sa vie sociale d'étudiante avait pris fin, tout comme son envie de se soucier de son apparence. Ceci, autant par faute de temps que de motivation.

Les premiers temps, manger avait été une source de réconfort, puis elle avait cessé de se préoccuper de ses cheveux, de son maquillage et de ses vêtements. Au cours des dernières semaines de vie de sa grand-mère, son appétit ayant subitement disparu, ses kilos supplémentaires s'étaient envolés, mais ses muscles avaient fondu aussi...

Lasse de cette vision déprimante, Connie attrapa dans l'armoire un large T-shirt et un ample pantalon de coton. Une tenue de camouflage pour un corps qui avait grand besoin d'être camouflé.

Dans un effort pour démarrer sa journée sur une note plus gaie, Connie considéra les manières possibles d'améliorer sa situation. Dans un premier temps, elle avait besoin de donner un sens à sa vie. Sur le plan professionnel, elle pouvait retourner à l'université faire son master, ou chercher dès à présent un poste. Sa licence en littérature lui permettrait peut-être d'intégrer une maison d'édition... Ou pourquoi pas voyager jusqu'à la fin de l'année scolaire avant de retourner à l'université ou d'entrer dans la vie active ? Le changement d'air ne pourrait que lui être positif.

Aucune de ces deux options ne la tentait cependant. De plus, elle était incapable de fixer son attention, tant son esprit vagabondait, et chaque tâche lui coûtait un énorme effort. Remplir les formalités indispensables après le décès de sa grand-mère avait déjà été une véritable épreuve.

D'avance découragée, Connie descendit l'escalier d'un pas lourd. Elle marqua une pause en entrant dans le salon, prête à passer le temps à regarder distraitement des émissions de télévision présentant peu d'intérêt.

C'est alors qu'elle aperçut son visage dans le miroir au-dessus de la cheminée, et sa vue lui procura un nouveau choc. Ses cheveux étaient tirés en arrière, comme toujours, en une queue-de-cheval faite à la va-vite et sans charme.

Presque aussitôt, elle eut l'impression d'entendre la voix familière de sa grand-mère venue d'une époque plus lointaine. « Tu devrais aller chez le coiffeur, ma chérie. Tu t'es trop laissé aller, c'est tellement dommage. Il est temps de te gâter un peu. »

Bien que ce discours soit le produit de son imagination, Connie sentit une douce chaleur lui envahir le cœur. Si la démence ne lui avait pas obscurci l'esprit, Mabel aurait désapprouvé sa perte d'intérêt pour son apparence.

Pourquoi ne pas fournir l'effort de se concentrer sur le présent immédiat au lieu de s'inquiéter du futur, après tout ?

Une amélioration était possible...

À condition de ne pas se contenter de petits changements dans son environnement habituel où ses mauvaises habitudes se réinstalleraient au moindre moment de lassitude, où tout lui rappelait sa grand-mère et ravivait son chagrin. Il lui fallait agir de manière radicale, comme faire une retraite dans un centre de bien-être, loin du cottage, au milieu d'autres personnes. C'était le seul moyen de maintenir une saine motivation.

Un tel projet aurait été hors de ses moyens jusque-là, mais avec tout l'argent accumulé sur son compte en presque un an depuis son mariage avec Dante, il devenait réalisable.

La mort de Mabel marquait un tournant dans sa vie, autant le prendre dans les meilleures conditions.

Connie s'installa donc devant son ordinateur, lança son navigateur Internet, puis entra les termes clés dans la barre de recherche.

Pour la première fois depuis le décès de sa grand-mère, le brouillard pesant de la dépression se leva au fur et à mesure que les pages s'affichaient.

Dès son retour à Milan, Dante replongea dans sa routine professionnelle. Connie restait cependant très présente dans son esprit. Son état physique et moral l'inquiétait. La succession de Mabel Weston avait été très vite réglée. La vieille dame avait en effet très peu de possessions à léguer – ses économies avaient disparu dans ses soins – et elle n'avait qu'une seule héritière.

— Que va-t-il se passer, maintenant ? lui demanda Rafaello un jour. Tu as épousé Connie en pensant qu'elle serait obligée de rester en Angleterre pendant toute la durée de votre mariage, mais la situation a changé.

— Ne te préoccupe pas de ça, Raf. Elle vient à peine d'enterrer sa grand-mère. Je veux lui laisser le temps de faire son deuil en paix sans l'importuner avec des soucis terre à terre.

Son ami lui lança un regard inquisiteur. Dante reconnut son air d'avocat soupçonneux qui cherchait un motif caché à sa réponse. Cela lui déplut. S'était-il montré sur la défensive, ou trop protecteur ? Si c'était le cas, cela lui était égal.

Certes, Rafaello avait trouvé son mariage trop hâtif, mais après le lui avoir fait remarquer, il avait abandonné le sujet. Il s'était d'ailleurs montré cordial avec Connie lorsque Dante la lui avait présentée à Milan après la rencontre avec les exécuteurs testamentaires de son grand-père. Depuis, lors de leurs conversations, Dante ne lui parlait plus d'elle, encore moins de leurs contacts.

— Va-t-elle venir te rejoindre ?

— Pourquoi le ferait-elle ?

— Pour les avocats d'Arturo. Son absence désormais injustifiée risque de leur paraître suspecte.

— Ils n'en sauront rien. De toute manière, à part eux, tu es le seul à être au courant de notre mariage, et je tiens à ce que cela reste ainsi. Connie est une jeune femme charmante. Elle fait partie de ma vie pour une raison précise. Je m'y suis habitué, et suis heureux d'avoir pu la soutenir pendant les épreuves qu'elle a traversées. Très heureux, même car je la trouve attachante.

Voir les sourcils de son ami se hausser enragea Dante. Sa relation avec Connie ne le regardait pas, bon sang ! Elle les regardait eux seuls.

Poussant un soupir, il ajouta :

— Il nous reste un peu plus de six mois à passer ensemble, temps minimum selon toi pour remplir les termes de ce fichu testament. Je verrai avec elle comment les occuper.

Dante n'avait encore aucune idée, mais son ami n'avait pas tort. La situation avait évolué et ils allaient devoir s'adapter.

Qu'est-ce que Connie avait l'intention de faire de sa vie ? Il n'en savait rien vu qu'ils n'avaient jamais discuté de ses éventuels futurs projets.

Et lui, qu'avait-il envie de faire ?

Il ne le savait pas plus.

La question cessa de se poser lorsque, quelques jours après le mail l'informant du règlement de la succession, un autre arriva. Connie avait réservé un séjour d'un mois dans un centre de bien-être et partait dans le Lake District.

Dante en fut stupéfait. Entreprendre un tel voyage ne lui ressemblait pas du tout. Elle était toujours malheureuse loin de son cottage bien-aimé...

Oui, mais c'était du temps où elle s'occupait de sa grand-mère.

Or cela n'était plus nécessaire.

L'idée de la savoir en un lieu différent le perturba. D'un autre côté, après ses récentes épreuves, se faire dorloter dans un spa lui ferait certainement beaucoup de bien. Et lui n'aurait plus à s'inquiéter d'elle ou de ses projets.

Une pensée le traversa : il aurait préféré que Mabel Weston ne soit pas morte. Non seulement pour Connie, mais très égoïstement pour lui. Tant que la vieille dame vivait, il savait où Connie se trouvait.

À présent, il ignorait ce qu'elle pouvait décider de faire de son temps, et les répercussions que cela aurait sur lui.

Cela lui procura l'impression de perdre tout contrôle. Il n'aima pas du tout ce sentiment.

Au moment où le tapis de jogging ralentit en mode récupération, Connie éprouva une grande satisfaction. Courir dix kilomètres avec une inclination, certes modeste mais concrète, était un réel progrès. Or même si son rythme cardiaque s'était élevé, elle n'était pas à bout de souffle. Un net changement depuis son arrivée au centre.

Et le changement ne concernait pas uniquement sa forme physique. Si les exercices quotidiens avaient été bénéfiques à son corps, ses longues marches au cœur des somptueux paysages de montagnes et de lacs du Lake District avaient contribué à lui remonter le moral.

Elle quitta le tapis de jogging pour rejoindre la section des poids de la salle de musculation. Le coach, qui lui avait dès son arrivée établi un programme progressif de remise en forme, l'y attendait pour surveiller son entraînement. Connie n'aurait jamais imaginé y prendre un tel plaisir, mais les résultats étaient impressionnants. Au fil des jours, son corps se raffermissait et s'assouplissait. Cela l'enchantait.

En plus de ces séances, elle profitait des autres installations de ce luxueux centre pour suivre des cours d'aérobic, de yoga et de Pilates, ou utiliser la piscine intérieure avant de terminer chaque jour par un massage au spa.

Ce jour-là, fidèle à son habitude, après sa matinée de sport et un déjeuner sain au restaurant du centre, Connie partit se promener. Dans cette superbe nature, une nouvelle perspective se mit à miroiter. Sa mélancolie désormais dissipée, elle avait envie d'embrasser la vie. Le seul point sombre était que, pour ce faire, il lui faudrait sous peu laisser Dante poursuivre son existence de riche homme d'affaires pour continuer la sienne indépendamment. Bien sûr, leur mariage n'avait été qu'un moyen d'atteindre leurs objectifs respectifs, mais au cours des mois et du temps pourtant limité passé ensemble, Dante lui était devenu…

Important.

Soudain troublée, Connie marqua une pause à son point de vue habituel au sommet d'une colline surplombant les eaux bleu marine d'un lac. Un souvenir lui revint du toast de Dante dans l'avion après leur mariage.

« À la réalisation de nos souhaits. »

Son cœur se serra. À l'époque déjà, elle savait souhaiter beaucoup plus que lui. Un rêve de toujours.

Mais un rêve irréalisable…

Dante rangea son ordinateur dans son cartable, puis vérifia sa ceinture de sécurité pendant que l'avion amorçait sa descente vers l'aéroport d'Heathrow. Il avait casé ce voyage en Angleterre dans son emploi du temps pourtant chargé, car le séjour de Connie dans le centre de bien-être était terminé et il avait besoin de lui parler du sujet qui lui occupait l'esprit – et occupait probablement le sien aussi.

Ses devoirs envers Mabel Weston ayant pris fin avant la fin prévue de leur mariage, que comptait-elle faire de sa vie jusqu'au moment où il leur serait possible de lancer la procédure de divorce ?

Sa rancœur envers son grand-père s'éveilla à cette pensée.

Il la chassa aussitôt. Inutile de la laisser le ronger puisqu'il avait réussi à surmonter sa rage initiale. Même si la condition imposée pour toucher son héritage avait été pernicieuse, il avait eu beaucoup de chance de trouver Connie. Pas uniquement parce que son obligation de vivre à des milliers de kilomètres de lui afin de s'occuper de sa grand-mère faisait d'elle l'épouse parfaite dans ces circonstances imparfaites, mais parce que...

Dante réfléchit quelques secondes, indécis, jusqu'à ce que la suite de cette pensée s'impose à lui.

Parce que Connie était une jeune femme adorable et qu'il s'était attaché à elle.

Bien sûr, il ne la considérait pas comme son épouse. Il ne voyait d'ailleurs aucune femme pouvant prendre cette place, et se mettre en couple stable ne faisait pas partie de ses projets. Il se voulait libre, sans personne pour exercer le moindre droit sur lui. Ni son grand-père, ni une compagne.

Ni Connie.

Cela le ramena à son interrogation initiale. Comment allaient-ils s'organiser pour passer les quelques mois restants jusqu'à la fin de leur mariage ?

Dante fouilla dans les souvenirs de leurs conversations. Connie avait mentionné qu'après avoir obtenu sa licence, elle avait hésité entre faire son master ou entrer dans la vie active et trouver un travail, de préférence dans le monde de l'édition. La santé de sa grand-mère s'étant subitement détériorée, elle avait dû suspendre ambition et projets.

Or, à présent, plus rien ne la retenait. Elle pouvait donc envisager à nouveau ces choix et donner une nouvelle orientation à sa vie.

Qu'elle décide de retourner à la faculté ou de chercher un travail, cela se ferait en Angleterre, ce qui convenait parfaitement à Dante. Il pourrait lui louer un appartement et continuer à lui rendre visite comme avant, toujours pour la crédibilité de leur mariage. Les avocats de son grand-père ne pourraient faire aucune objection. Après avoir mis sa vie entre parenthèses pour s'occuper de sa grand-mère, il serait normal qu'elle se soucie de ses études ou de sa carrière. Tout était donc parfait.

Sur cette pensée réconfortante, Dante se cala dans son siège pour l'atterrissage. Il allait passer la soirée à Londres, puis partirait le lendemain matin dans le West Country. D'après ses mails et messages, Connie semblait avoir passé du bon temps dans son centre. Être dorlotée lui avait certainement fait beaucoup de bien, elle pourrait donc entamer une nouvelle vie après ses récentes épreuves.

Tout comme lui, une fois qu'il serait libéré d'un mariage dont il n'avait jamais voulu.

Ce mariage avait pourtant eu un côté positif – outre le fait qu'il entrait en possession de son héritage, bien entendu. Celui de lui faire faire la connaissance de Connie. Alors s'en libérer lui convenait, mais il n'avait pas pour autant à couper tout contact avec elle. Rien ne les empêchait de continuer à se voir, à poursuivre leur relation amicale.

Cette jeune femme lui plaisait, il appréciait sa compagnie et s'était habitué à partager pensées et moments avec elle. C'était beaucoup.

Et suffisant.

Fort de cette certitude, Dante descendit de l'avion d'excellente humeur.

Connie monta dans le taxi et donna l'adresse de l'hôtel de Piccadilly où descendait toujours Dante lorsqu'il venait à Londres. Sortant alors son téléphone de son sac à main, elle s'assura d'un coup d'œil à sa montre que son avion avait atterri, puis tapa un message. Comme les lettres s'affichaient sur l'écran, elle sentit une nuée de papillons s'ébattre gaiement dans son ventre. Persuadé qu'elle était rentrée au cottage après son séjour dans le Lake District, il allait avoir une sacrée surprise !

Bonsoir, Dante. Je me suis arrêtée à Londres sur le chemin du retour. Pourrais-je vous rejoindre à votre hôtel ? J'y serai à 18 h 30 si cela vous convient.

Son message envoyé, elle se demanda s'il apprécierait de la savoir à Londres. Après tout, il avait peut-être déjà fait des projets pour sa soirée...

Peu importe, c'était trop tard pour y penser. Et si elle n'agissait pas le soir même, son courage la fuirait.

Tandis que le taxi avançait lentement dans la circulation intense de Knightsbridge, Connie fixa l'écran désespérément noir de son téléphone.

Craignant d'avoir commis une grosse erreur, elle sentit son ventre se serrer, mais une minute plus tard, la réponse apparut :

Pas de problème. Je serai dans le bar à cocktails au rez-de-chaussée.

Rassurée, elle envoya en retour un pouce levé, et les papillons reprirent leur joyeuse danse dans son ventre.

4

Dante jeta un coup d'œil à sa montre. Presque 19 heures. Connie était en retard. Cela ne lui ressemblait pas. Il en déduisit qu'elle avait dû mésestimer l'intensité de la circulation londonienne à cette heure. Elle ne lui avait pas précisé la raison de son détour par Londres en rentrant du Lake District, mais cela ne le dérangeait pas dans la mesure où ce changement de programme lui éviterait un voyage dans le West Country. De plus, passer deux jours dans la capitale ferait du bien à Connie.

Avec cela en tête, il leur avait retenu une table dans le restaurant gourmet de l'hôtel et avait échangé sa chambre pour une suite. Elle aimerait peut-être aller au théâtre le lendemain. Le West End avait toujours d'excellentes pièces à l'affiche. Il le lui proposerait. Ce serait une bonne entrée en matière avant d'aborder le sujet de l'orientation qu'elle souhaitait donner à sa vie.

Dante songea alors à un autre genre d'occupation à lui suggérer. Après s'être fait dorloter dans son centre de bien-être, elle apprécierait peut-être de s'acheter de nouveaux vêtements, d'aller chez le coiffeur ou autre spécialiste de beauté. Même en sachant qu'elle ne se souciait pas de son apparence, la voir en permanence si mal habillée lui avait toujours fait un peu pitié.

Mais ses vêtements amples et défraîchis ne l'avaient pas empêché de remarquer le bleu profond de ses yeux bordés de longs cils. Les plus beaux yeux en réalité qu'il ait vus à une femme.

Dante but une gorgée de son martini. Le bar se remplissait très vite à présent. Il jeta un nouveau coup d'œil à sa montre, avec impatience cette fois. Déjà 19 h 10, et toujours pas de Connie.

Une pianiste s'assit devant le piano à queue blanc installé dans un coin de la pièce. Très attirante, pensa-t-il. Trouvant alors sa réflexion mentale inappropriée, il détourna les yeux pour les poser sur l'entrée.

Au moment où il reposait son verre sur le bar, il suspendit son geste. Une femme venait d'arriver et de s'arrêter sur le seuil. Les lumières du hall de réception dessinaient un halo autour de sa silhouette.

Cette fois, il fut impossible à Dante de détourner les yeux…

Arrivée devant l'entrée du bar à cocktails, Connie marqua une pause le temps de laisser ses yeux s'accoutumer à la pénombre ambiante et de s'armer de courage quand traverser le hall de l'hôtel en avait déjà épuisé une bonne dose. Dans un éclair de couardise, elle souhaita être à des centaines de kilomètres de là, de retour au cottage dans son environnement familier. Pas ici, prête à franchir un pas.

Mais renoncer si près du but aurait été ridicule. Même si elle avait décidé sur une impulsion de retrouver Dante à Londres, sa décision s'était renforcée au fil des heures et de son voyage vers la capitale anglaise. Encore sous l'effet du bien-être acquis durant son séjour, elle avait voulu en profiter pour le rencontrer ailleurs qu'au cottage où elle était l'ancienne Connie mal fagotée. Restait à voir si ses efforts n'avaient pas été vains, car c'était pour être sûre de ne pas détonner dans cet hôtel chic qu'elle s'était acheté une robe de cocktail ajustée et fait coiffer dans un salon renommé. Pour aucune autre raison. Enfin, aucune autre avouable.

Ou du moins aucune qu'elle ose admettre...

La peur soudain la paralysa.

N'ayant pas revu Dante depuis les funérailles, plus d'un mois auparavant en fait, Connie se demanda s'il n'allait pas la trouver ridicule. Mais même si c'était le cas, il était trop bien élevé pour le montrer. Cette pensée la tira de sa torpeur. Cet homme avait toujours été trop courtois pour lui faire sentir qu'elle ne ressemblait en rien aux femmes avec qui il s'affichait en temps normal.

Ses yeux s'étant accoutumés à la pénombre, elle scruta la salle et vit enfin Dante assis sur un tabouret au bar. Son souffle se suspendit comme toujours lorsqu'il apparaissait. Vêtu d'un costume et d'une chemise blanche qui faisait ressortir sa cravate sombre, il était tout simplement sublime. Tout en lui était parfait, à l'image d'une vedette de cinéma crevant l'écran.

Un soupir lui échappa.

Il lui faisait toujours le même effet que le premier jour où elle avait posé les yeux sur lui à la réception de mariage à Clayton House.

L'espace d'une seconde, Connie ressentit ce désir si douloureusement familier et sans espoir mais, consciente de ne pouvoir rester plantée sur le seuil à admirer sa perfection physique, elle leva une main hésitante pour lui signaler sa présence.

Dante ne réagit pas.

Rassemblant alors le peu de courage qui lui restait, elle avança. Tandis qu'elle était arrivée à quelques pas de lui, il n'avait encore donné aucun signe de reconnaissance, mais restait comme figé, le regard vide, la main qui tenait son verre toujours en suspens au-dessus du bar.

Les nerfs à fleur de peau, Connie s'arrêta devant lui et bafouilla :

— Euh... Je suis désolée d'être en retard. La circulation était épouvantable.

De près, son regard n'était en réalité pas vide, mais stupéfait. Fait confirmé par le seul mot qui sortit de sa bouche en un murmure :

— Connie ?

Face à son incrédulité, elle sentit ses joues s'empourprer et, pendant un odieux moment, eut l'impression d'être la plus grande idiote au monde. Une vague de brûlante humiliation se déversa dans ses veines.

Il la trouvait ridicule !

Elle hésitait à tourner les talons quand il poursuivit :

— Vous êtes superbe !

La chaleur de sa voix fut un baume sur son ego tout juste meurtri. Ses jambes soudain faibles menacèrent de se dérober sous elle. Puis elle reconnut l'admiration dans son regard qui quelques minutes plus tôt lui avait semblé vide.

Dante Cavelli la regardait comme jamais il ne l'avait regardée auparavant !

Comme elle avait toujours rêvé qu'il le fasse...

Son rythme cardiaque s'emballa sous l'effet d'une incroyable joie.

— J'ai fait peau neuve.

Une précision, inutile s'il en était, mais qui eut le mérite de lui donner assez d'assurance pour se hisser sur le tabouret vide à côté de Dante et poursuivre :

— Ça a commencé dans le centre du Lake District. Les exercices physiques, les longues marches et un régime équilibré m'ont permis de retrouver la forme. Puis, aujourd'hui, j'ai passé l'après-midi à Knightsbridge à me faire pomponner avant d'acheter cette robe. Une dépense exorbitante, mais l'envie de dépenser sans compter pour une fois a été la plus forte.

Tout en parlant, Connie était délicieusement consciente du regard de Dante sur la robe bleu paon qui épousait les courbes de son corps désormais mince et tonique. Sa tenue, sa nouvelle coupe rehaussée d'une subtile coloration, ainsi que son maquillage agrémenté d'un rouge à lèvres soutenu inhabituel créaient le résultat espéré. La réaction de Dante lui fit tourner la tête.

En proie à une soudaine euphorie, elle fit à peine attention au barman venu prendre sa commande. Se souvenant subitement de la manière hautaine dont l'hôtesse sur le vol de Milan l'avait jugée trop insignifiante et mal habillée pour voyager en jet privé avec un homme aussi sublime que Dante, elle releva la tête, vit un tableau indiquant les spécialités du bar et répondit avec assurance :

— Champagne pour moi. En fait, je prendrai un de vos cocktails signatures à base de champagne.

Le barman parti, Connie se tourna vers Dante. Son air toujours incrédule lui réchauffa le cœur tout autant que l'admiration non dissimulée de son regard.

— J'ai moi aussi du mal à croire au changement, dit-elle avec un petit rire. Une tenue chic et quelques artifices font des merveilles !

Il rit à son tour.

— Vous êtes la même, simplement vous aviez d'autres choses plus importantes que votre apparence sur lesquelles vous concentrer. Maintenant, vous pouvez commencer à mener une nouvelle vie, la vôtre.

Elle poussa un soupir triste.

— Je ne regrette rien, j'aurais aimé poursuivre l'ancienne. En même temps, je sais que grand-mère ne voudrait que le meilleur pour moi.

Le barman revenant à cet instant lui apporter son cocktail ainsi qu'un nouveau martini pour Dante, elle leva son verre. Son « mari de nom seulement » en fit autant, puis dit, tout en captant son regard :

— À tout le meilleur pour vous, Connie.

Un toast beaucoup plus personnel que « À la réalisation de nos souhaits ». Et elle savait quel « meilleur » la tentait irrésistiblement.

Pour dissimuler son trouble, elle but une longue gorgée de son cocktail avant de reposer son verre et porter en toute hâte une serviette à ses lèvres.

— Ciel ! Qu'ont-ils mis là-dedans ? demanda-t-elle d'une voix enrouée.

Dante éclata de rire.

— Vous voulez dire à part la cerise au marasquin et la tranche d'orange, j'imagine. Eh bien, il y a de l'Angostura bitter pour le mordant et une bonne dose de cognac. C'est ce dernier qui lui donne son côté ardent.

— Mince alors. Je pensais que ce serait simplement du champagne avec du jus d'orange ou peut-être de pêche.

— Non, cela aurait été un buck's fizz ou un bellini, or vous avez demandé leur cocktail signature. Mais vous avez fait le choix parfait, ce moment appelle une boisson pleine de caractère.

Il marqua alors une courte pause, et son expression se fit tout à la fois sérieuse et rêveuse.

— Tout comme vous, Connie. À vrai dire, vous venez de me... stupéfier d'une manière que je n'aurais jamais crue possible.

Tendant alors la main, il lui effleura les cheveux, puis reprit son verre de martini, le fit tinter à nouveau contre le sien et dit avec un sourire :

— Buvez, mais doucement, cette fois.

Connie obéit tandis que les papillons, réveillés par le bref contact de la main de Dante, se mettaient à virevolter avec ardeur dans son ventre.

Après que Connie eut fini son cocktail avec précaution, Dante termina son premier martini, puis but le second rapidement, éprouvant le besoin de remédier au feu qui coulait dans ses veines.

Il l'escorta ensuite jusqu'au restaurant, encore en proie à un profond ébahissement. Il s'était douté qu'avec des soins de beauté et des vêtements plus élégants elle serait différente de l'image à laquelle il s'était habitué, mais certainement pas à ce point !

Ses cheveux avaient une riche teinte auburn, à présent. De son chignon élaboré, quelques mèches savamment échappées flirtaient avec ses joues. Un subtil maquillage faisait paraître le bleu de ses yeux encore plus profond, envoûtant même. Sa bouche au rouge soutenu sans être écarlate appelait les baisers et un léger blush sculptait ses pommettes hautes. À cela s'ajoutait la robe au bleu paon chatoyant qui soulignait ses courbes.

Elle était superbe. Si belle que le désir murmurait délicieusement au plus profond de sa virilité.

Mais Dante refusa de laisser l'effet sur lui de cette radicale transformation le distraire outre mesure, car Connie avait plus à offrir qu'un corps soudain troublant. Elle restait la jeune femme modeste, affectueuse, à l'esprit ouvert et au naturel doux qu'il avait appris à connaître. Il décelait toutefois en elle une nouvelle assurance et une nouvelle vitalité qui étaient peut-être là auparavant, mais ne s'étaient jamais manifestées.

Ou qu'elle avait mises en sommeil pour s'occuper de sa grand-mère...

Et qui pourraient s'accompagner d'espoirs, voire de projets, songea-t-il alors.

Heureux pour elle, il commanda une bouteille d'un cru millésimé afin de célébrer son nouveau départ dans la vie et lui rendre cette soirée inoubliable.

— J'ai l'impression que votre séjour dans le Lake District marque le début d'une ère passionnante pour vous, Connie. Vous le méritez, d'ailleurs. Avez-vous une idée de l'orientation à donner à votre vie ?

Il vit une lueur éclairer ses iris puis disparaître avant d'avoir pu la définir.

— C'est un fait, je me sens beaucoup plus en forme. J'ai aussi plus d'énergie pour me permettre d'envisager un avenir, mais pour l'instant je ne suis pas tout à fait certaine de ce que je désire.

Comme leurs plats venaient d'être servis, ils mangèrent quelques minutes en silence.

— Vous m'avez dit un jour envisager de reprendre vos études pour passer votre master. En avez-vous toujours l'intention ?

— Je ne sais pas. L'autre possibilité est de commencer à chercher un travail. Hélas, même si j'adore vivre dans le cottage, il n'y a guère de postes à pourvoir demandant une connaissance de la littérature anglaise, dans la région.

— Dans ce cas, déménagez à Londres. Vous y aurez une multitude de choix.

Connie grimaça.

— L'hébergement y est affreusement cher. D'un autre côté, la généreuse allocation que vous m'avez versée tous ces mois est quasi intacte à la banque. Je ne l'ai utilisée que pour mon séjour dans le centre de bien-être, aussi j'ai de quoi vivre plusieurs mois dessus en attendant de trouver un travail.

— Je serais heureux de prendre en charge votre loyer, dit Dante. Après tout, vous êtes mon épouse !

Elle secoua la tête.

— Je ne pourrais pas l'accepter. Cela ne fait pas partie de notre accord. De plus, l'indemnité de séparation que vous avez offert de m'accorder au moment du divorce est assez importante pour me permettre de vivre confortablement un bon moment.

Dante regarda les doigts de Connie, à présent manucurés et vernis, se refermer autour de la tige de son verre, et attendit qu'elle ait bu une gorgée de vin pour répondre :

— Certes, mais notre mariage n'est pas encore terminé. Cela dit, Londres est le meilleur endroit pour trouver un poste intéressant. Vous voulez toujours entrer dans le monde de l'édition ?

— J'aimerais beaucoup, mais la concurrence y est très importante, et je suis déjà plus âgée que la plupart de ceux qui débutent dans le métier. D'un autre côté, même si j'aime Londres pour des séjours occasionnels, je ne suis pas certaine d'avoir envie d'y vivre à temps complet.

Il saisit cette occasion pour lui faire une proposition qui venait de se présenter à son esprit.

— Rien ne vous oblige à prendre une décision sur-le-champ. En fait, il serait peut-être bon de vous accorder un moment de répit. Votre mois au Lake District vous a visiblement fait beaucoup de bien. Aussi, pourquoi ne pas continuer à élargir votre horizon ?

Dante la regarda réfléchir à sa proposition. Au plus profond de sa virilité, le murmure s'était fait plus insistant, au point d'en être gênant pour sa paix d'esprit. Il savait qu'il aurait dû aider Connie à décider de l'orientation à donner à sa vie, à aller de l'avant. Il savait aussi qu'elle s'était prise en main sur le plan physique et celui de la beauté pour son propre bénéfice.

Pas pour lui.

Et pourtant...

Sa transformation était assez remarquable pour avoir éveillé son intérêt. Bien sûr, sa personnalité lui plaisait depuis les premiers temps de leur rencontre, mais force lui fut de s'avouer combien sa nouvelle apparence le troublait. C'était indéniable, et il ne pouvait que l'accepter.

Un intense désir fondit sur lui, pas du tout prévu dans leur accord de mariage...

— Quel délicieux dîner ! dit Connie. Je ne regrette aucune de ses nombreuses calories.

Dante, qui était en train d'insérer sa carte dans le verrou pour ouvrir la porte de leur suite, tourna la tête.

— Je suis heureux que vous l'ayez aimé. Vous êtes superbe. Aussi, faites-moi le plaisir de ne pas vous inquiéter des calories ni de vous priver de nourriture. Pouvez-vous me le promettre ?

Comme elle acquiesçait en silence, il la fit entrer avant lui. Malgré le temps passé avec elle au restaurant à discuter, Dante se sentait toujours dans un état second et essayait de définir ce qu'il ressentait désormais pour Connie. Sa perception d'elle avait changé en l'espace d'un éclair. Or, même en se sachant face à la même personne, il avait encore du mal à la reconnaître.

Sa transformation lui avait fait l'effet d'une révélation.

Une question le taraudait. Éprouvait-elle une attirance similaire pour lui ?

C'était difficile à dire...

Mais quoi qu'il en soit, pour son bien comme pour celui de Connie, il devait agir avec prudence.

— Parfait, dit-il d'un ton enjoué. Le café commandé au bar a été apporté, je vois.

Lui indiquant le plateau posé sur la table basse devant le canapé, il ajouta :

— Je vous en prie, asseyez-vous.

Connie ne se fit pas prier et ôta aussitôt ses escarpins avec un soupir de soulagement.

— Je me sens tellement mieux. Les chaussures neuves font toujours affreusement mal.

De sa place à l'autre extrémité du canapé, Dante observa ses pieds. Ils étaient fins et de forme élégante. Encore une chose qu'il n'avait jamais remarquée chez elle et dont il eut en cet instant une conscience aiguë. Comme elle s'adossait aux coussins, il releva les yeux. Dans cette pose décontractée, le tissu de sa robe moulait joliment sa poitrine. Sa libido s'enflamma.

Faute de pouvoir lui laisser libre cours, il leur servit à

chacun une tasse de café tout en cherchant que dire d'inoffensif pour le distraire de ses pensées sensuelles. Hélas, du coin de l'œil, il la vit fléchir les pieds et faire tourner ses chevilles avec volupté.

Son geste était voulu. Elle était consciente de son effet sur lui. Il en fut certain, cette fois. Cela rendait son attrait encore plus puissant...

— Avez-vous acheté d'autres tenues aussi belles aujourd'hui ?

— Non. Seulement cette robe et les accessoires.

— Londres n'est pas un centre de mode aussi prisé que Milan, mais a tout de même beaucoup à offrir en la matière. Pourquoi n'irions-nous pas faire du shopping ensemble demain ?

— Je dois rentrer au cottage, répondit-elle avant de boire une gorgée de café.

Cela n'arrangeait pas Dante. Depuis son arrivée dans le bar de l'hôtel, il la voyait différemment et avait envie que leur relation change. Or, pour cela, il fallait qu'elle aussi en ait envie...

— Pourquoi donc ?

— Je me suis absentée longtemps. Je dois vérifier que tout va bien.

— Ça peut bien attendre un jour de plus. Faisons quelques courses, puis profitons de la soirée pour aller au théâtre où ailleurs si vous préférez, et je vous reconduirai chez vous après-demain.

— Vous n'avez pas à faire ça. Je peux prendre le train, j'ai l'habitude.

— Si, parce que ça me fait plaisir.

Elle leva un regard stupéfait sur lui. Posant alors sa tasse, il poursuivit :

— Je vous ai suggéré plus tôt de continuer à élargir votre

horizon. Eh bien, j'ai une idée à vous soumettre. Pour réfléchir sans les contraintes du quotidien à l'orientation à donner à votre vie, pourquoi ne pas faire un long voyage ?

Retenant son souffle, il soutint son regard et, même si ce qu'il s'apprêtait à dire n'avait rien d'une proposition désinvolte, mais avait une raison bien précise, il ajouta d'un ton léger :

— M'accompagner en Italie, par exemple. Vous n'en avez rien vu lors de notre voyage après le mariage. Je pourrais vous faire visiter Milan et la Lombardie. Tout le pays, même. Si cela vous tente, bien entendu.

En réalité, c'était lui que cela tentait. En un éclair de lucidité, il réalisa à quel point cette perspective l'enthousiasmait. La ramener en Italie était exactement ce qu'il voulait faire !

Face à son silence, il avança un autre argument :

— Depuis des années, vous n'avez pratiquement pas quitté le West Country. Maintenant, c'est peut-être l'occasion de profiter quelque temps de votre toute nouvelle liberté. Qu'en pensez-vous ?

— Votre proposition est sérieuse ? demanda-t-elle d'un ton hésitant.

— On ne peut plus sérieuse. Être loin de l'Angleterre vous ferait du bien. L'Italie est un pays magnifique, et son climat est plus clément que celui d'ici.

Dante attendit sa réponse le cœur battant, ne sachant qu'ajouter pour la convaincre. Depuis le début de la soirée, son sentiment d'une évolution dans leur relation s'était fait de plus en plus insistant et son envie de l'explorer avait atteint un sommet. À court d'arguments, les yeux rivés sur les siens, il tenta de lui transmettre son désir en silence, puis finit par demander :

— Alors, voulez-vous venir avec moi ?

— Oui, lâcha-t-elle en un souffle. Oh ! oui, Dante. Oui !

Son regard brillait à présent. Ses iris avaient pris la teinte précieuse des saphirs. Elle était remarquablement belle. Totalement irrésistible...

Sous l'effet d'une force de volonté qu'il ignorait posséder, Dante se leva et parvint à prendre un ton enjoué.

— Parfait, dit-il avant de finir son café d'un trait et de reposer sa tasse. Demain, nous allons vous constituer une nouvelle garde-robe, puis nous prendrons l'avion pour Milan.

Comme elle ne bougeait pas, se contentant de le regarder en silence, il sentit le désir sur le point de le terrasser. Dans un effort pour se maîtriser, il ajouta :

— Finissez votre café et allons dormir. Une longue journée nous attend. Il faudra aussi que je fasse récupérer votre passeport au cottage.

Connie secoua la tête.

— C'est inutile, je l'emporte toujours avec moi lorsque je quitte la région.

Sur ce, elle se leva, ramassa ses escarpins et les tint du bout des doigts puis, les lèvres entrouvertes, darda ses yeux bleus sur lui. Le sang rugit dans les veines de Dante, le parfum fleuri de Connie, perceptible de si près, lui fit tourner la tête. Était-ce du désir qu'il lisait dans son regard brillant ? Cette seule question suffit à lui enflammer les sens. Chaque muscle de son corps se tendit par anticipation. Malgré cela, ses pieds s'ancrèrent en même temps dans le sol, l'empêchant – de justesse – de franchir la distance entre eux.

— *Buona notte*, lâcha-t-il d'une voix subitement rauque, mais ferme.

Connie détourna alors les yeux.

— *Buona notte*, Dante.

Il la regarda s'éloigner vers la porte de sa chambre, certain cette fois d'avoir entendu le désir dans sa voix. Son souffle se suspendit mais, au lieu de la rattraper, il resta planté sur place. Quelle que soit son envie d'elle, il ne pouvait pas agir sous le coup du charme de la soirée.

La porte refermée sur Connie, Dante respira à nouveau. D'un côté il était fier d'avoir réussi à maîtriser ses sens, de l'autre au supplice de devoir attendre pour assouvir son désir.

Une douche froide lui parut être le remède approprié à son état. Et une bonne nuit de sommeil, ensuite. Oui, voilà ce qu'il serait raisonnable de faire.

Une valse-hésitation entre sagesse et spontanéité le maintint immobile de longues minutes jusqu'à ce que ses pieds, retrouvant leur usage, le portent avec détermination vers le seul endroit où il devait aller...

La porte de sa chambre refermée, Connie ôta la robe qui l'avait fait se sentir quelques heures dans la peau d'une autre femme, une femme qu'elle ignorait pouvoir être. Après l'avoir suspendue sur l'un des cintres matelassés de l'armoire, elle lissa le tissu chatoyant d'un air rêveur.

Sur un soupir, elle s'assit devant la coiffeuse, seulement vêtue à présent de sa nouvelle lingerie de soie. Encore sous le charme de la soirée, il lui était impossible de se doucher, enfiler un pyjama et se mettre au lit.

Face au miroir, elle se remémora chaque détail depuis son arrivée dans le bar de l'hôtel. En particulier l'instant où Dante l'avait aperçue et était resté comme figé sur son tabouret, son verre à la main, le regard fixe. Lire dans ses yeux sombres une stupéfaction aussi intense qu'admirative avait été le moment le plus gratifiant de sa vie. Un dont elle avait rêvé en secret sans jamais oser l'espérer ou se l'avouer, dès l'instant où elle avait vu cet homme à la si remarquable beauté.

Au bar, puis pendant le repas dans le restaurant étoilé, le regard de Dante ne l'avait pas quittée. Si, au début de la soirée, Connie avait hésité à y reconnaître le désir, au fil des minutes ses doutes s'étaient levés pour laisser place à une délicieuse béatitude.

Son rêve inaccessible s'était réalisé.

Dante la désirait.

Désormais plus rien ne lui semblait impossible. Mais, plutôt que d'imaginer ce qui résulterait pour eux de cette irrésistible attirance, elle avait préféré profiter du présent, savourer son émerveillement, la douce émotion qui s'était insinuée dans ses veines, et l'attente d'une rencontre… physique.

Tout cela transparaissait encore dans son expression renvoyée par le miroir lorsqu'elle vit aussi la porte de sa chambre s'ouvrir.

Dans la seconde suivante, Dante s'immobilisait sur le seuil, entouré d'un halo de lumière vive.

Malgré les battements de son cœur dans sa poitrine, si forts qu'ils résonnaient dans ses oreilles, Dante entendait encore les objections que sa raison opposait à sa décision. Pourtant, la certitude d'être exactement là où il voulait les balaya obstinément.

Au moment où il aperçut Connie assise de dos sur la banquette devant sa coiffeuse, son souffle se suspendit. Elle avait enlevé sa robe, ne portait plus que ses seuls sous-vêtements !

Son sang rugit dans ses veines.

Il fit un pas dans la chambre, puis s'immobilisa.

Connie ne bougea pas, ne dit mot, mais son regard rivé au sien dans le miroir était éloquent.

Si éloquent que Dante retrouva l'usage de ses jambes. Il traversa la pièce, posa ses mains sur l'arrondi de ses épaules, puis murmura :

— Connie...

— Dante...

Au contact des paumes de Dante sur ses épaules, Connie frissonna, mais déjà il remontait les doigts vers son cou dont il effleura la peau, lui envoyant de délicieuses sensations dans tout le corps. Il était si proche qu'elle sentait le parfum boisé de son eau de toilette ainsi que la chaleur émanant de lui. Et ses yeux, rivés sur les siens à travers le miroir, brûlaient de désir.

Lorsqu'il répéta son prénom d'une voix rauque, Connie sentit son cœur s'emballer, son sang palpiter dans ses veines. Elle se leva alors puis tendit la bouche vers lui.

Les lèvres de Dante se posèrent sur les siennes avec une douceur aérienne. D'instinct, elle enroula les bras autour de son cou. Il approfondit son baiser et la pressa contre son torse. Connie sentit les pointes de ses seins se dresser, puis son ventre rencontrer l'évidence de son désir viril. Une multitude de sensations déferlèrent en elle en même temps qu'un brasier lui enflammait les sens.

Lorsqu'il lui dégrafa son soutien-gorge avant d'en faire glisser les bretelles le long de ses bras, elle retint son souffle. Mais déjà, Dante délaissait sa bouche pour refermer les lèvres autour d'un téton. Renversant alors la tête en arrière, elle s'abandonna à leur délicieuse caresse tandis que tout son corps se tendait, en réclamait davantage.

En réponse à sa supplique muette, il lui abaissa son slip brésilien, puis ôta les épingles qui retenaient ses cheveux. Il se débarrassa ensuite de tous ses vêtements, sans la quitter des yeux. Sa respiration était rapide, son regard brûlant.

Connie resta immobile malgré son cœur qui battait à tout rompre dans sa poitrine.

Elle était nue pour lui.

Dévorée de désir pour lui.

Un sentiment extraordinaire. D'autant plus extraordinaire qu'il lui était donné d'admirer enfin Dante dans toute sa nudité. Son torse aux muscles saillants, son ventre tonique et... la preuve de son effet sur sa virilité.

Son regard ancré sur cette partie impressionnante lui valut un petit rire, à la fois amusé et sensuel qui, loin de l'intimider, l'excita davantage. Elle saisit donc la main tendue de Dante et le laissa la guider vers le lit. Le drap lui parut froid tant son corps était brûlant. Dès que Dante s'allongea à son côté, elle glissa une main sur l'objet de sa convoitise.

— Tu as mis un sacré temps à me rejoindre, murmura-t-elle en un souffle.

Il eut un nouveau petit rire, joyeux cette fois mais toujours amusé, et sa voix sortit rauque.

— Je voulais te donner le temps de prendre conscience de ton effet sur moi.

— Eh bien, c'est fait.

Et elle attira son visage vers le sien.

Se relevant sur un coude, il fit glisser une main sur son corps en une longue caresse avant de la poser sur son mont de Vénus. Les jambes de Connie s'écartèrent, un gémissement lui échappa tandis qu'il se positionnait entre ses cuisses. Le moment était donc enfin venu. Mais Dante restait comme en suspens au-dessus d'elle, assez près pour que la chaleur de son corps irradie sur sa peau, trop loin pour sentir pleinement le contact de son corps. Elle prononça son prénom d'une voix suppliante de désir, et tendit les hanches à sa rencontre.

Sans plus se faire prier, il la pénétra en une longue poussée, fusionnant leurs corps. À une sensation de plénitude succéda le plaisir, plus intense de seconde en seconde, jusqu'à ce qu'ils crient en chœur lorsqu'il atteignit son paroxysme en un moment magique.

Connie eut alors la certitude de lui appartenir, qu'il lui appartenait, et que se donner à lui de tout son être et de toute son âme était tout ce qu'elle voudrait à jamais.

Dante.

Son Dante.

Elle s'abandonna à ce merveilleux sentiment. Même enlacés ainsi, leurs corps somnolents et repus, ils ne faisaient encore plus qu'un, peau contre peau, bras et jambes étroitement mêlés dans un total abandon.

Sur un soupir de contentement, Connie sombra peu à peu dans le sommeil, rêva de Dante, cet homme dont elle avait si longtemps rêvé sans espoir.

Mais son rêve n'était plus inaccessible.

Il était au contraire empli de la plus douce des béatitudes...

5

Dante ouvrit les yeux avec les premières lueurs du jour filtrant à travers les rideaux. Il se glissa avec précaution hors du lit pour aller prendre une douche dans sa chambre afin de ne pas réveiller Connie.

À son retour, il l'observa longuement. Elle dormait paisiblement, sa respiration légère, ses cils tels deux éventails soyeux sur ses joues, une boucle de cheveux posée sur son épaule.

La veille à la même heure, l'idée ne lui était pas venue une seconde à l'esprit que le lendemain matin il contemplerait Connie endormie. Or, même s'il avait sous les yeux la preuve vivante que la chose la plus inattendue au monde s'était produite, il avait encore du mal à y croire.

Il doutait aussi d'avoir agi pour le mieux. À sa décharge, après avoir contenu son désir toute la soirée, il n'avait pu y résister plus longtemps.

Son sentiment de culpabilité s'évanouit au moment où, sans doute consciente de son regard posé sur elle, Connie ouvrit les yeux. Après un rapide battement de cils, elle le regarda à son tour.

Son visage radieux et son sourire émerveillé chassèrent son doute. De toute évidence, elle ne regrettait rien. Heureux, il se pencha et embrassa ses lèvres entrouvertes.

— Bonjour, dit-il avant de se relever. Prête pour le petit déjeuner ?

Elle ne répondit pas, se contentant de le fixer comme si elle doutait de la réalité de sa présence. Comme si elle ne voulait rien regarder d'autre que lui. Ses yeux, emplis de convoitise, brillaient tels deux saphirs.

Dante resserra la ceinture de son peignoir.

— Ne me fixe pas comme ça, lança-t-il, même si elle n'avait aucune idée de l'effet de son regard sur lui. Sinon, le petit déjeuner devra attendre.

Sur ce, se sentant bien trop prêt à lui démontrer pourquoi ils risquaient de manger froid, il fila dans la salle de bains et en revint avec un peignoir qu'il lui tendit.

— Enfilez ceci, jeune fille, le service d'étage va arriver sous peu.

Et, ne voulant pas anéantir le peu de sa volonté si fragile en la voyant sortir du lit nue, il quitta la chambre pour aller se planter devant la baie vitrée du salon. Là, le regard perdu sur les toits de Londres, Dante essaya de comprendre son récent afflux d'émotions. En vain, toutefois une seule chose était claire. Il n'avait jamais rien éprouvé d'aussi intense avec une femme, avant de faire l'amour à Connie.

Était-ce parce qu'il la connaissait depuis près d'un an, que leurs vies étaient en quelque sorte liées et qu'ils avaient développé une familiarité, une amitié même ? il l'ignorait. Tout ce qu'il savait était que leur relation était différente.

Spéciale.

Un mot venu spontanément à son esprit sans pour autant qu'il puisse le définir avec précision.

À cet instant, l'entendant arriver dans le salon, Dante se tourna et lui sourit. Le sourire radieux qu'elle lui adressa en retour lui fit tourner la tête.

Connie était ravissante à la lumière du jour. D'une beauté très différente cependant de celle de la créature glamour apparue la veille à l'entrée du bar. Une douce sensualité émanait d'elle avec ses cheveux ébouriffés, son air encore endormi, la moue de sa bouche en cœur et les pans de son peignoir qui dévoilaient la naissance de sa poitrine généreuse…

Dans la seconde, le corps de Dante s'éveilla, mais la sonnette de la porte d'entrée retentit, et il alla ouvrir à l'employé qui poussa un chariot garni de leur petit déjeuner. Malgré la présence de l'homme, et tout en le regardant dresser leurs couverts et les plats sur une table ronde près de la baie vitrée, il ne put s'empêcher de jeter de fréquents coups d'œil à Connie. Après un laps de temps qui lui parut durer une éternité, l'homme quitta la suite, les laissant enfin seuls.

Ils mangèrent ensuite sans un mot, leurs regards parlant pour eux. Une fois la dernière bouchée avalée, encore en proie à un ardent désir, Dante déclara :

— Notre shopping peut attendre.

Connie saisit sa main tendue, entrelaça ses doigts aux siens, puis le suivit là où il la voulait.

Dans son lit, avec lui, où il lui fit l'amour, encore et encore…

Dès leur arrivée à Milan, après un rapide passage au bureau de Dante afin d'annuler ses rendez-vous, celui-ci emmena Connie dans le Quadrilatère de la mode, le quartier où étaient regroupées toutes les boutiques des couturiers célèbres. Bien qu'émerveillée par chacune des créations essayées, elle lui exprima sa réticence à se laisser combler de cadeaux en plus de tous ceux achetés à Londres.

— C'est vrai, Dante, je suis gênée d'accepter tout ce que tu achètes.

Il parut surpris, mais lui embrassa le front.

— Tu n'as pas à l'être. C'est un plaisir pour moi.

Bien sûr, après avoir retrouvé sa forme physique, Connie désirait être aussi belle que possible pour lui, mais pas à ses frais. Elle protesta donc. Ils se chamaillèrent jusqu'à ce que Dante lui oppose un argument de poids inattendu : il avait prévu de l'emmener faire un voyage, et pour cela elle avait besoin d'une garde-robe adaptée.

— Je comprends, mais je sais à quel point ton travail est important pour toi et je ne veux pas t'en éloigner.

Une fois de plus, il mit un terme à ses objections en lui déposant un baiser indulgent sur le front.

— Ce n'est pas le cas. Je suis au contraire heureux de prendre des vacances avec toi. De plus, je n'en ai pas pris depuis très longtemps et j'en ai besoin.

Leurs emplettes terminées, ils rentrèrent dans l'appartement de Dante. Lors de son premier séjour à Milan, après leur mariage, Connie l'avait trouvé terriblement moderne, mais n'y avait passé que deux nuits. À l'époque, Dante était tendu, soucieux à la perspective de rencontrer les avocats de son grand-père. Elle s'était donc faite le plus discrète possible, et était partie se réfugier dans la chambre d'amis. Un séjour empreint de malaise qui n'avait fait que souligner à ses yeux l'énormité d'avoir épousé un inconnu pour de seules raisons financières.

Ce sentiment était à présent relégué dans le passé, et elle était parfaitement à l'aise avec Dante. Il n'était plus l'étranger qui lui avait semblé appartenir à un monde à des années-lumière du sien, un monde dans lequel il avait été contraint de l'épouser. Désormais, il la désirait ardemment, la voulait dans sa vie.

Ce soir-là, lovée contre lui sur le canapé, Connie savoura

son bonheur. Levant les yeux, elle croisa son regard brûlant et vit sa bouche descendre vers la sienne. Dans l'instant suivant, il la souleva dans ses bras pour l'emmener dans sa chambre – leur chambre – où plus rien d'autre n'existait, qu'eux et leur désir toujours plus intense l'un de l'autre.

Dante gara la voiture sur le parking du port.

— Nous sommes presque arrivés.

— Presque arrivés où ? demanda Connie. Tu ne m'as toujours pas dit où nous allions.

Il se contenta d'un sourire énigmatique et attendit d'être monté sur le ferry pour satisfaire sa curiosité.

— Notre destination est l'une des îles de l'archipel toscan.

Connie haussa les sourcils.

— Je n'ai jamais entendu parler de cet archipel.

— Son île la plus célèbre est Elbe. Nous pourrons la visiter si tu veux. C'est sur elle que Napoléon a été envoyé pour son premier exil. Les voitures privées y sont interdites. Seules celles de livraisons, de service ou d'urgence y sont autorisées. Elle est donc très calme et a un charme ancien. J'espère qu'elle te plaira.

— Je n'en doute pas. D'après ta description, elle me paraît idyllique.

Dante avait choisi leur destination justement parce qu'il pensait que ce cadre conviendrait à Connie. De toute évidence, elle aimait tout ce qui était ancien, comme le cottage victorien de sa grand-mère qui avait très probablement façonné son goût. Le fait que ses compliments sur son appartement à Milan avaient été plus polis que sincères ne lui avait d'ailleurs pas échappé.

L'île avait une autre vertu importante à ses yeux. Elle

était peu fréquentée par les touristes. Il avait donc peu de chance d'y croiser quelqu'un de sa connaissance et aurait ainsi Connie pour lui tout seul.

C'était exactement ce qu'il voulait.

Son besoin d'elle perturbait fréquemment Dante, aussi il l'écartait, se contentant d'apprécier leur relation.

Une relation qu'il n'aurait jamais pensé avoir un jour !

Il s'en émerveillait souvent, en particulier lorsqu'il se réveillait au milieu de la nuit avec elle, nue dans ses bras, et en était heureux.

Même s'il n'avait pas imaginé la possibilité d'avoir une compagne régulière et de partager avec elle une intimité de chaque instant, force était de reconnaître que cela lui plaisait beaucoup.

Détournant les yeux de la mer azurée, Dante observa Connie qui, appuyée au bastingage à côté de lui, les cheveux flottant au vent, regardait la petite île au loin. Elle avait l'air décontracté et épanoui, et était ravissante en pantalon bleu marine et léger chandail blanc.

Il lui passa un bras autour de la taille. Elle se tourna vers lui et sourit.

— Tu es déjà allé dans cette île ?

— Non. À vrai dire, la plupart des endroits où je suis allé, dans mon pays comme dans les autres, sont ceux où je me rends pour affaires.

Réalisant alors combien ses propos étaient peu engageants, il ajouta d'un ton léger :

— C'est pourquoi ce séjour sera un grand changement pour moi.

Connie ramena les yeux sur la mer.

— C'est formidable d'être en bateau, les cheveux au vent, par un temps aussi splendide.

— Si tu veux, nous pourrons louer un hors-bord pour faire le tour de l'île. Il y a de petites baies aux plages de sable fin et des criques rocheuses parfaites pour plonger en apnée. Certaines étant difficilement accessibles par la voie terrestre, on peut même y nager nu.

Elle rit.

— À condition qu'elles soient complètement désertes ! Au fait, tu ne m'as toujours pas dit où nous allons séjourner. Est-ce un secret aussi ?

— Pas du tout. J'ai loué une villa un peu à l'écart de la ville, en bord de mer. Rien de luxueux, mais je l'ai trouvée sympathique sur les photos. Si tu préfères, il y a un hôtel correct.

— Non, une villa est parfaite. On a le droit de faire des barbecues sur la plage ?

— Je pense, oui. Mais nous pourrons aussi aller manger en ville. Il y a pas mal de restaurants, car l'île est une destination prisée des gens du continent ou des vacanciers de l'archipel pour passer la journée.

— Tout cela me paraît très sympathique ! s'exclama Connie.

Dante resserra son bras autour de sa taille et ils continuèrent de regarder ensemble l'île approcher avec sa petite ville construite autour du port.

Peu de temps après, le ferry accosta. Quelques taxis attendaient, mais Dante avait un autre moyen de locomotion en tête, ainsi qu'il le lui dit.

— Devine lequel.

— Des vélos ?

Il rit.

— On pourra en louer plus tard si tu veux pour explorer l'île, mais je ne pensais pas à ça, répliqua-t-il avant de lui montrer du doigt l'extrémité du quai. Votre carrosse vous attend, là-bas, jeune fille.

Connie éclata de rire.

— Génial ! Ça, c'est une surprise de taille, et tiré par un poney en plus !

Une fois le quai traversé, Dante hissa leurs valises dans la carriole et échangea quelques mots en dialecte avec le vieux cocher qui portait sur la tête un chapeau de paille encore plus antique que lui. Du coin de l'œil, il vit Connie en train de caresser le museau du poney tout en lui murmurant des mots doux, et sourit. L'animal était lui aussi coiffé d'un chapeau de paille d'où sortaient ses longues oreilles. Et il s'agissait plus exactement d'un robuste petit cheval, mais qu'importait.

— Tout le monde à bord, lança Dante gaiement.

Il était d'excellente humeur. Connie approuvait son choix de lieu de villégiature, un soleil éclatant brillait, tempéré par la brise marine, et ils allaient passer deux semaines dans une villa, retirés du reste du monde !

Il aida Connie à monter, puis le cheval partit d'un pas lent. Ils traversèrent la rue principale de la petite ville, bordée de restaurants et cafés d'aspect vieillot. Les maisons l'étaient tout autant avec leurs lourds volets de bois tous fermés pour conserver la fraîcheur et leurs façades aux teintes fanées. Il se dégageait de l'ensemble une impression de vie au ralenti. Comme le vieux cocher saluait au passage des connaissances, Connie se tourna vers lui.

— Il me donne envie d'adresser aux gens quelques saluts gracieux, comme notre roi.

— Je t'en prie, ne te gêne pas. Ils nous prendront peut-être pour des membres de la famille royale.

Là-dessus, il étendit les jambes, encore plus heureux. Les vacances s'annonçaient parfaites...

Et la villa s'avéra l'être aussi. Simple et fonctionnelle avec un barbecue, comme l'avait souhaité Connie, mais en briques sur une terrasse. Quelques mètres plus bas se trouvait une plage privée au fin sable blanc encadrée de rochers. Il n'y avait pas de piscine, mais ils n'en avaient nul besoin quand la mer azurée était à deux pas.

Aucune des jeunes femmes qu'il avait fréquentées jusque-là n'aurait daigné s'installer, même pour un jour ou deux, dans une maison aussi rustique, mais Connie avait été conquise dès le premier coup d'œil.

Et lui aussi.

Les jours passèrent, calmes et reposants. Dante apprécia ce rythme de vie inhabituel, et le fait de ne pas penser sans cesse à son travail. La connexion Internet instable lui donnait une excellente excuse pour laisser ses collaborateurs se débrouiller par eux-mêmes.

Il n'était toutefois pas inquiet, car tous étaient parfaitement compétents. Depuis la mort de son grand-père et sa prise de pouvoir total au sein de leur société, il avait engagé son propre personnel pour les postes à responsabilités au fur et à mesure que les anciens dirigeants prenaient leur retraite ou décidaient de partir de leur plein gré. Ses longues années d'opiniâtre apprentissage sous la tutelle d'Arturo avaient porté leurs fruits, Cavelli Finance n'avait jamais fait autant de bénéfices.

Sentant ses pensées dériver vers ses dossiers en cours, Dante les écarta résolument. Il était là pour passer deux semaines consécutives de vacances. Un fait rare. Une première, plus exactement. Jusque-là, il lui arrivait de voler quelques jours à son emploi du temps chargé, mais il s'arrangeait toujours pour inclure dans son escapade une réunion avec un client, même lorsqu'il emmenait une de ses *inamoratas* de passage.

Son grand-père n'approuvait ni les vacances ni les *inamoratas*. Eh bien, cette fois, Dante combinait les deux, songea-t-il avec insolence avant de baisser les yeux vers Connie qui se faisait bronzer à plat ventre sur son lit de plage, offrant à sa vue son dos à la fine musculature, son corps seulement couvert du bas de son bikini. Elle était très belle, son *inamorata*...

Se souvenant alors qu'il s'agissait de la femme épousée au cours d'une cérémonie des plus brèves dans le seul but de pouvoir entrer en possession de son héritage, il se corrigea. Connie n'était pas une *inamorata*. Elle était beaucoup plus.

Ses aventures précédentes n'avaient jamais duré longtemps. Selon Raf, c'était parce que son grand-père le submergeant de travail, il n'avait pas le temps de construire une relation avec quiconque. Mais était-ce la véritable raison ?

N'était-ce pas plutôt parce qu'il n'avait jamais voulu les voir durer ?

Or, si tel était le cas, pourquoi ?

Et si c'était parce que son grand-père contrôlait tellement sa vie que laisser une femme en faire autant lui était intolérable ?

C'était d'ailleurs pour cela qu'il avait catégoriquement refusé de choisir une de ses ex pour remplir le rôle officiel de son épouse. Aucune n'aurait accepté ses termes pour ce mariage, encore moins son côté temporaire. Elles auraient toutes voulu se l'attacher, restreindre la liberté qu'il n'avait jamais eu l'occasion d'avoir.

Connie, en revanche, avait représenté l'épouse idéale. Un mariage permanent ne l'intéressait pas à l'époque et ne l'intéressait pas davantage à présent. Voilà pourquoi ils s'entendaient si bien. Remarquablement bien, en vérité. Aussi, il n'y avait pas lieu de changer quoi que ce soit à leur relation.

Ils étaient des amis devenus amants, et continueraient à l'être pendant les quelques mois qu'il leur restait à passer ensemble. C'était parfait !

Un intense sentiment de satisfaction l'envahit. N'ayant

jamais aimé les histoires compliquées, ce qu'il vivait sur cette île lui convenait à la perfection. Il avait tout ce qu'il désirait.

Des vacances tranquilles.

Et Connie avec lui, jour et nuit.

Tendant la main, Dante laissa ses doigts glisser le long du dos de Connie. Elle frissonna, avant de s'étirer langoureusement.

— Allons faire quelques brasses, histoire de nous rafraîchir avant le déjeuner.

— Bonne idée, répondit-elle en renouant le haut de son bikini.

— On est seuls, tu pourrais rester topless, lui fit remarquer Dante, une lueur d'espoir dans les yeux.

Comme elle lui décochait un regard outré, il rit et se contenta de lui tendre la main pour l'aider à se lever de son lit de plage.

La baignade les mit en appétit. Ils s'installèrent à l'ombre sur la terrasse pour manger. Du pain frais accompagné de jambon, de fromage et d'une salade de tomates, puis des pêches pour dessert. Un repas simple, mais délicieux.

Après une sieste et un après-midi de farniente, ils allèrent dîner en ville.

— Que dirais-tu d'aller visiter l'île d'Elbe demain ? Ce serait l'occasion de nous plonger dans l'histoire de Napoléon.

Le visage de Connie s'illumina.

— Oh ! oui ! On prendra un ferry ou le hors-bord ?

— Un bateau privé avec pilote pour me permettre de profiter moi aussi de chaque moment. Je suis en vacances, ne l'oublie pas.

— Tu as raison. Si tu me parlais un peu de cette île ? Mes connaissances se bornent au fait que Napoléon y a été exilé et a réussi à s'en évader, puis à rentrer à temps pour la bataille de Waterloo.

Dante, qui en savait long sur la vie et l'exil de l'Empereur, se fit un plaisir de faire revivre l'histoire pour Connie, agrémentée d'une multitude d'anecdotes que leur visite raviva à sa mémoire.

— Ça fait beaucoup d'informations à absorber en une seule journée, déclara-t-elle tristement alors qu'ils sortaient de la Villa dei Mulini à Portoferraio. Il y a tant à voir. Dommage que nous n'ayons pas le temps de visiter la seconde résidence de Napoléon à San Martino.

— Eh bien, nous pouvons revenir la voir un jour, ou même prendre quelques jours de vacances ici pour visiter à notre rythme.

Idée qui, aussitôt exprimée, plut à Dante.

— Ce serait merveilleux, répondit-elle d'un air soudain songeur.

Incapable de s'expliquer son changement d'expression, il déclara :

— Allons prendre un café. L'histoire me donne soif.

Elle rit.

— Dans ce cas, en vivant dans un pays qui en est si chargé, tu dois être perpétuellement assoiffé.

Dante rit à son tour et lui passa un bras autour de la taille. Il aimait l'avoir si proche de lui. Vivre à son rythme, tellement plus lent que le sien habituel, était reposant. Lui qui n'avait jamais envisagé de partager autant de temps avec une femme trouvait cela agréable. Très agréable, même.

Une fois qu'ils furent attablés à la terrasse d'un café, se sentant un petit creux, il commanda un gâteau en plus de leurs boissons. Voyant le regard envieux de Connie, il poussa son assiette vers elle.

— Vas-y, régale-toi.

Elle secoua la tête, visiblement à contrecœur.

— C'est tentant, mais non merci. Je ne tiens pas à reprendre mon poids perdu. Tu n'aurais plus envie de moi !

Ne voulant pas la voir entretenir une idée aussi ridicule, il coupa un coin de sa pâtisserie et la lui présenta au bout de sa fourchette.

— Si nous testions cette théorie ? Tu manges ce morceau, et moi le reste. On verra ensuite si *toi* tu as toujours envie de moi. Ça te va ?

— D'accord.

Elle mangea alors le morceau de pâte feuilletée fourré de crème avant de dire en soupirant d'aise :

— Hmm… C'est délicieux.

Les yeux rivés sur elle tout en prenant lui aussi une bouchée, Dante déclara avec une feinte solennité :

— Je confirme… vouloir toujours t'emmener dans mon lit. En fait, on pourrait passer la nuit ici. Prendre une chambre d'hôtel sur-le-champ…

— Je n'ai pas ma brosse à dents, rétorqua-t-elle un regard coquin à l'appui.

— Qu'à cela ne tienne, rétorqua-t-il. On peut en acheter une. J'ai même entendu dire qu'on vend aussi du dentifrice sur cette île.

En définitive, ils rejoignirent leur bateau et son pilote – aussi vieux que le cocher qui les avait véhiculés à leur arrivée. Avec un bras passé autour des épaules de Connie et leurs cheveux flottant au vent, Dante regardait la mer Tyrrhénienne s'assombrir sous le soleil couchant dont les rayons faisaient flamboyer l'horizon.

— Regarde comme c'est beau, murmura Connie. Y a-t-il quelque chose de plus parfait ?

La joie présente dans sa voix faisant écho à celle qu'il ressentait, Dante resserra son étreinte.

L'avoir si près de lui était absolument merveilleux...

6

Depuis leur retour de l'île idyllique de l'archipel toscan, Dante ayant repris le chemin du bureau, Connie passait ses journées à explorer Milan.

Un matin, après avoir découvert un marché local proche de l'appartement, elle acheta les ingrédients nécessaires à une recette récemment trouvée sur Internet, décidée à faire une surprise à Dante. En fin d'après-midi, la recette affichée sur son ordinateur posé sur le comptoir de la cuisine high-tech, elle éminça les légumes, par avance ravie de voir sa tête lorsqu'il la verrait.

En effet, c'était la première fois qu'elle lui préparait un repas.

Jusque-là, il avait toujours fait livrer des plats élaborés pour leurs dîners. Elle comptait donc se prouver qu'elle était capable de cuisiner quelque chose de mangeable. De plus, c'était ce que faisait une épouse.

Elle se souvint de l'époque où, enfant, elle regardait sa mère préparer le dîner. Lorsque son père rentrait du travail, l'embrassait et la félicitait sur ses talents de cuisinière, celle-ci rayonnait et lui annonçait fièrement le menu. Ensuite, il soulevait Connie dans ses bras et, un clin d'œil à l'appui, lui souhaitait de devenir un cordon-bleu à l'image de sa chère maman. La recette infaillible pour être aimée à jamais de son mari. La preuve, lui-même était amoureux à jamais de son épouse.

Connie se sentait alors totalement en sécurité…

Comme si le lointain passé était un présage de son futur proche, le bruit de la porte qui s'ouvrait lui signala le retour de Dante.

— Je suis dans la cuisine, lança-t-elle gaiement.

Quelques secondes plus tard, il fit son apparition et lui posa un baiser sur la joue.

— Oh ! zut, dit-il alors. Tu es en train de cuisiner. Je suis désolé, mais nous sommes invités à dîner. Crois-tu que tout cela pourra se conserver jusqu'à demain ?

Un instant, Connie se demanda s'il était déconcerté de la trouver employée à une tâche aussi domestique, puis se souvint des paroles de son père.

— Certainement.

— Raf est venu de Rome pour un rendez-vous d'affaires. Il aimerait te revoir.

Elle avait pensé que Dante allait la présenter à des amis de Milan mais, Rafaello étant son ami de toujours, elle n'éleva aucune objection.

— Pas de problème.

Connie était cependant gênée à l'idée de revoir cet avocat. Lors de leur première rencontre le lendemain du mariage, elle avait vite compris qu'il désapprouvait le choix de Dante. Et ce, même s'il avait été très poli avec elle. Changerait-il d'avis après avoir vu sa transformation à la suite de son séjour de remise en forme ? Son opinion lui importait peu, bien sûr. Mais Dante, en revanche, serait certainement heureux de le voir remarquer la différence – et peut-être l'apprécier. Rafaello pourrait même enfin la trouver digne de son ami, songea-t-elle avec une certaine amertume.

Ce dernier les attendait au bar du restaurant huppé dans lequel ils avaient rendez-vous. Il accueillit Connie avec courtoisie – gentillesse même –, mais ne fit aucun commentaire sur son changement d'apparence. Son ensemble, une jupe droite surmontée d'une petite veste moulante s'arrêtant au-dessus de la taille et ornée de broderies, était pourtant beaucoup plus seyant que la robe ample, pour ne pas dire informe, qu'elle portait lors de leur première rencontre. Sans parler de ses cheveux relevés en un élégant chignon au lieu d'être grossièrement retenus par une pince, et de son maquillage soigné.

Un coup d'œil dans la salle la rassura. Elle ne déparait pas au milieu des Milanaises chic.

Alors qu'ils rejoignaient leur table, Dante lui passa un bras autour de la taille en un geste... possessif. Ou protecteur ? Elle ne sut dire, mais le devina légèrement tendu, sans parvenir à définir ce qui le stressait. Après tout, lui aussi était peut-être conscient de la différence entre l'ancienne et la nouvelle Connie...

Eh bien, elle était la nouvelle désormais, et n'avait aucune raison de ne pas se sentir assurée quand son élégance égalait celle des autres femmes présentes. En réalité, elle était privilégiée par rapport aux autres.

Elle avait Dante.

— Voilà qui nous change des trattorias de nos vacances, dit-il une fois assis, avant d'ajouter avec un clin d'œil : Raf aime dîner avec classe.

— Les trattorias ne sont pas ton genre non plus, lui fit remarquer son ami. Mais tu as peut-être changé depuis notre dernière rencontre.

Il marqua alors une pause comme pour évaluer la portée de sa réflexion, avant de poursuivre :

— Où êtes-vous allés en vacances ?

Dante nomma leur île.

Rafaello haussa les sourcils.

— Hum... vraiment hors des sentiers battus. Cela dit, ça a l'air de t'avoir réussi. Tu sembles détendu. Ça fait plaisir à voir.

Il s'adressa alors à Connie.

— J'ai été désolé d'apprendre le décès de votre grand-mère. Je vous présente mes condoléances.

Sa voix sincère lui fit monter les larmes aux yeux. Aussitôt, Dante lui prit la main qu'il serra.

— Je vous remercie, réussit-elle à répondre, la gorge serrée, et consciente du regard de Rafaello sur leurs mains.

— J'espère que votre séjour ici vous aidera à surmonter votre tristesse. Avez-vous visité Milan ?

— J'ai commencé et ai trouvé un marché près de l'appartement. Je compte d'ailleurs essayer quelques recettes sur Dante.

— Très conjugal, lâcha Rafaello avec un petit sourire.

Il tourna alors les yeux vers son ami pour murmurer en italien. Connie ne saisit que deux mots, « trésor » et « épouse ». Dante ne répondit pas, mais elle eut l'impression qu'il n'appréciait pas ces paroles.

Imperturbable, Rafaello poursuivit :

— Tu devrais lancer quelques invitations une fois que Connie aura trouvé ses marques. Tes amis aimeraient sûrement la rencontrer. En fait, Connie, Dante est devenu un bourreau de travail depuis qu'il a pris les rênes de la société familiale. C'est pourquoi j'ai été heureux d'apprendre qu'il avait pris des vacances avec vous. Ça lui a vraiment fait du bien. C'est bien aussi que vous puissiez rester ici avec lui.

Il semblait si sincère et approbateur que Connie le trouva plus sympathique et sourit.

— C'est merveilleux d'être ici.

Elle lança un regard affectueux à Dante qui lui parut cependant toujours tendu. Pourquoi ? Elle n'en avait pas la moindre idée.

Un serveur arrivant suivi du sommelier, tous trois reportèrent leur attention sur le menu. La commande passée, Rafaello annonça :

— Et nous prendrons du champagne pour commencer. C'est de rigueur !

Leurs flûtes servies, il leva la sienne, un éclat amusé dans les yeux.

— Au *signor* et à la *signora* Cavelli, si pleins de surprises. Des bonnes, bien entendu. À vrai dire... de très bonnes.

Ne sachant comment interpréter ses paroles, Connie sourit, puis but une gorgée. À côté d'elle, Dante but sans rien dire. Cela l'étonna.

Sa flûte reposée, Rafaello reprit :

— Je suis sincère, mon vieux. Je suis heureux d'être témoin de ça.

Connie sentit Dante se détendre brusquement. Soulagée, elle put en faire autant. Leurs entrées arrivèrent, et Rafaello les interrogea sur leurs vacances. Dante et elle se firent un plaisir d'évoquer leurs souvenirs, complétant chacun les propos de l'autre.

L'avocat les regardait l'air non plus amusé ou évaluateur à présent, mais approbateur. Après s'être inquiété du choix d'épouse de son ami, il devait voir combien ils étaient heureux ensemble.

Parce que Dante était heureux. Connie en avait la certitude. Et elle l'était aussi.

Elle sentit ses yeux s'humidifier et, voyant Rafaello le

remarquer, eut envie de lui crier : oui, nous sommes heureux ensemble !

Les plats se succédèrent, tous délicieux, et la conversation se poursuivit, de plus en plus conviviale. Rafaello raconta à Connie une série d'anecdotes sur Rome et, en retour, Dante partagea avec lui leur projet de visiter une partie du nord de l'Italie chaque week-end.

— Tu risques de lasser Connie, répliqua l'avocat en souriant. Et n'oublie pas les mondanités à Milan, tes amis ne t'ont pas vu depuis une éternité.

— Elle préfère découvrir le pays.

Connie trouva son ton sec et se demanda s'il n'aimait pas entendre insinuer qu'il la forçait à voyager. En fait, c'était elle qui craignait qu'il se sente obligé de lui montrer les lieux touristiques. Mais l'idée venait de lui et leur plaisait à tous deux. Être avec Dante était tout ce qu'elle voulait. Son rêve réalisé...

Elle le regardait, le cœur palpitant de tendresse, lorsqu'une rafale de paroles en italien claqua dans son dos. Elle n'en comprit qu'un mot : Dante !

— *Dante ! Mi caro ! Che bello vederti ! E passato cosi tanto !*

Rafaello releva vivement les yeux.

Sentant Dante se raidir, Connie tourna la tête.

Une jeune femme blonde à la minceur de mannequin, portant une tenue sortie tout droit de chez un grand couturier et perchée sur d'interminables talons, envoyait un baiser aérien à Dante.

Le visage soudain figé, celui-ci se leva poliment pour la saluer d'un « Bianca » avant de se rasseoir.

Les ignorant, Rafaello et elle, la dénommée Bianca prit place sur la quatrième chaise de leur table et poursuivit sa tirade en italien à l'intention de Dante.

Soudain, comme si elle prenait enfin conscience de ne pas être seule avec lui, elle sourit à Rafaello :

— *E Rafaello Ranieri, vero ? Ci siamo conosciuti, ma credo in Roma...*

Sans attendre la réponse de l'avocat, elle sourit à Connie en ajoutant :

— *E tu sei l'ultima fidanzata di Rafaello ? Che bello !*

Elle reporta alors son attention sur Dante, lui caressa la joue d'un air de reproche tout en le submergeant de paroles sans lui laisser le temps de placer un mot jusqu'à ce que Rafaello déclare d'un ton sec :

— Je crains qu'il n'y ait un léger malentendu. Connie n'est pas avec moi, mais avec Dante.

— Depuis quand ? demanda Bianca en plissant les yeux.

— Depuis leur mariage.

— *Sposato ?*

Et la blonde poursuivit sèchement en italien pour la seule intention de Dante avant de se lever, de lancer un regard assassin à Connie et de partir.

Connie ramena les yeux sur les deux hommes qui s'affrontaient du regard. Celui de Dante était furieux, celui de Rafaello imprégné d'une froideur étudiée.

Soudain, elle comprit. L'avocat avait fait exprès de mentionner leur mariage.

Mais ils étaient mariés, alors pourquoi Dante réagissait-il ainsi ?

— Merci, Raf, dit-il d'un ton mordant. Bianca Delmondi est la dernière personne que je voulais voir au courant !

L'avocat répondit, l'air remarquablement indifférent.

— Cela m'a semblé être le moyen le plus rapide de nous débarrasser d'elle.

Il finit alors son café d'une traite, jeta un coup d'œil à sa montre et ajouta, toujours aussi imperturbable :

— Je dois rentrer. J'ai un vol pour Palerme à la première heure demain matin. Un riche client âgé qui divorce de sa très jeune épouse et conteste ses réclamations financières. Je dois protéger son argent.

Sous son ton léger, Connie discerna une note indéniablement ironique.

— Je t'en prie, vas-y, tu es très doué pour ça. Et pour parler sans discernement !

Pour toute réponse, Rafaello rit tout en faisant signe au serveur d'apporter l'addition.

Connie se sentit mal à l'aise. Comme s'il avait perçu sa gêne, l'avocat lui lança un regard amusé.

— Ne vous inquiétez pas. Dante et moi nous chamaillons depuis notre adolescence. Il s'échauffe, et je reste calme. Voilà pourquoi nous sommes de si bons amis.

Peu convaincue, elle regarda Dante. Il était encore tendu, et avait l'air fermé.

Sur ces entrefaites, le serveur apporta l'addition. Rafaello la régla.

— Je suis si heureux de vous avoir revue, Connie. J'espère que mon vieil ami est conscient de sa chance d'avoir un tel trésor. Je dois avouer m'être inquiété en le voyant obligé de se marier, mais plus maintenant. Vous lui faites beaucoup de bien, bien plus qu'il ne le réalise, je pense.

Se levant, il lui prit alors la main et la baisa avant de les quitter sur un « *buona notte* ».

Son ami parti, Dante se décontracta.

— Raf prend parfois un malin plaisir à me pousser à bout. Il aime penser qu'il me connaît mieux que je ne me connais moi-même. Quelle blague ! Cela dit, je suis désolé pour l'attitude de Bianca.

— Je t'en prie. De toute manière, je n'ai pas compris un mot de ce qu'elle a dit.

— C'est aussi bien. Elle parlait du passé.

Connie s'efforça d'avoir l'air indifférente. Cette blonde foldingue n'était probablement pas la seule ex de Dante à Milan...

— Mais Raf aurait pu se dispenser de la mettre au courant de notre mariage.

— C'est grave qu'il l'ait fait ?

— C'était inutile. Ni toi ni moi ne portons d'alliance. De plus, nous nous sommes mariés pour des raisons personnelles qui ne regardent que nous. Personne n'a besoin de le savoir.

Mais nos circonstances ont changé ! pensa Connie. Des questions se mirent alors à se bousculer dans sa tête, trop vite cependant pour lui permettre de les formuler de manière cohérente.

Dante se levant, elle en fit autant et le suivit à l'extérieur où le portier leur appela un taxi. Une fois dans la voiture, Dante lui prit la main.

— J'ai hâte d'arriver à l'appartement.

Son murmure rauque et ses yeux brillants la firent frissonner dans l'anticipation du plaisir qui l'attendait. Comme par magie, ses questions informulées disparurent et elle attendit avec impatience le moment de se retrouver dans le lit de son amant.

Dans ses bras, l'endroit le plus divin au monde.

Pendant les deux semaines qui suivirent cette soirée avec Rafaello, ils dînèrent tous les soirs dans l'appartement. Connie cuisinait, ou ils se faisaient livrer un repas. Ils passaient leurs week-ends à visiter la région et descendaient toujours dans des hôtels-boutiques aussi luxueux que pleins de charme. Dante n'avait pas donné suite à la suggestion de l'avocat de lancer quelques invitations. Cela l'arrangeait, car elle était heureuse d'avoir son amant-mari pour elle seule.

Un soir, Connie se lança dans une nouvelle recette, mais cette fois en compagnie de Dante qui, un verre de bière à la main, lui lisait les instructions en traduction simultanée tout en surveillant la progression des opérations.

Cette collaboration très conjugale était un pur moment de bonheur. Elle préférait cela à leurs virées de shopping, même si chacune s'accompagnait du regard admiratif – et souvent encore incrédule – de Dante face à sa nouvelle silhouette. Et cela lui plaisait plus que leurs escapades dans la région à travers les sites touristiques dont l'Italie regorgeait, et où, au volant de son petit bolide, il s'amusait comme un enfant à flirter avec le danger.

Oui, être seule avec lui, dans la cuisine à partager une occupation aussi simple la mettait en joie. Elle ne souhaitait rien d'autre.

À vrai dire, ils se comportaient comme un vieux couple...

Ce qui lui convenait à la perfection !

Bien sûr, il lui faudrait réfléchir à son avenir, un jour, mais il n'y avait aucune urgence. D'ailleurs, si son séjour se prolongeait, pourquoi ne pas poursuivre ses études depuis Milan en distanciel, ou bien donner des cours de littérature anglaise à des étudiants italiens ? Enfin, rien ne pressait.

Connie leva les yeux vers Dante en train de parcourir les recettes sur sa tablette. Une mèche de cheveux lui tombait sur le front, et la lumière des spots sculptait ses pommettes. Il avait troqué son costume de ville contre un pull en cachemire qui moulait son torse et un pantalon qui soulignait les muscles de ses jambes.

Face à sa beauté, son souffle se suspendit. Quel merveilleux spectacle, songea-t-elle. Une vague d'émotion lui serra alors le cœur.

Dante releva brusquement les yeux.

— Tu vas pouvoir ajouter les dés de tomate aux oignons dans la poêle et laisser mijoter à petit feu. Ensuite, il te faut saler les tranches d'aubergines en lamelles. D'après la recette, cela leur permettra de dégorger avant la cuisson.

— À vos ordres, chef.

— C'est ça, moque-toi de moi ! répondit-il en riant. Demain, c'est moi qui cuisinerai, et tu pourras me donner des ordres à ton tour.

Connie lui adressa une grimace, puis sala les aubergines. L'arôme qui s'élevait de la poêle lui donnant déjà faim, elle but une gorgée du vin blanc que Dante lui avait servi pour lui donner du cœur à l'ouvrage.

— Ça y est, dit-il soudain, j'ai trouvé ce que je vais nous préparer.

Après lui avoir fait part de sa recette, il ajouta :

— Je l'ai ajoutée aux favoris. Pourrais-tu acheter les ingrédients demain ?

— Avec plaisir.

Elle s'était habituée à faire les courses et en profitait pour mettre en pratique l'italien de son guide de conversation. Son vocabulaire s'enrichissait chaque jour, mais sa grammaire était encore très approximative. Pour s'intégrer dans le pays, il allait lui falloir apprendre à parler correctement sa langue.

Après avoir rincé l'excès de sel des aubergines, elle les disposa dans un plat, puis versa la sauce par-dessus, ajouta du parmesan et mit le tout au four.

Elle prit alors son verre avant d'aller s'asseoir à côté de Dante sur un des hauts tabourets face au comptoir central. Cela lui rappela le soir où elle avait fait la même chose dans le bar à cocktails de Londres. Le soir où il avait découvert sa nouvelle apparence.

D'une seconde à l'autre, sa vision d'elle avait totalement changé.

Et cette nuit-là, leur relation avait changé du tout au tout.

Le premier souvenir d'une série de nombreux autres tout aussi merveilleux...

— *Saluti*, dit-il en levant son verre de bière avant d'écarter sa tablette. Au fait, où as-tu envie d'aller ce week-end ?

— J'avais pensé aux Alpes. Mais si c'est trop loin, on peut aller ailleurs.

— Non, c'est faisable.

Ils discutèrent alors des différentes possibilités jusqu'à ce que le dîner soit prêt, puis passèrent le déguster dans la salle à manger.

Leur dessert avalé, ils s'installèrent sur le canapé du salon. Pendant que Dante regardait un match de football, Connie, lovée contre lui, feuilleta un magazine de mode, lui demandant de temps en temps la traduction de mots qu'elle ne comprenait pas.

— Tu deviens bonne en italien, dit-il en lui déposant un baiser sur les cheveux.

— J'aimerais arriver à le parler couramment.

— Est-ce bien nécessaire, étant donné que...

Il s'interrompit, ramenant soudain son attention sur l'écran d'où s'élevaient des exclamations de joie. Un but venait d'être marqué, et son équipe avait gagné.

— J'ai oublié de te dire, je dois aller à Rome pour affaires en milieu de semaine prochaine. Ça te tente de visiter la Ville éternelle ?

— Ce serait formidable, répondit-elle, avant d'ajouter : Tu veux en profiter pour voir Rafaello ?

— Pourquoi pas, si notre emploi du temps le permet.

— Au fait, est-ce qu'il est en couple ou marié ? Il ne porte pas d'alliance, mais ça ne veut rien dire.

Eux non plus n'en portaient pas...

— Raf tient par-dessus tout à sa liberté. Il faudra une fille sacrément futée pour le traîner jusqu'à l'autel.

— Ou peut-être qu'il tombera amoureux et voudra passer le reste de ses jours avec la femme de sa vie.

Dante ne répondant pas sur-le-champ, Connie leva des yeux interrogateurs vers lui.

— C'est une vision très romantique de la vie, répondit-il avec une légère ironie. Raf est trop cynique pour croire en l'amour. Mais pourquoi diable discutons-nous de lui ?

Et, baissant la tête, il l'embrassa.

Oubliant l'avocat, Connie s'abandonna à la sensualité de son baiser.

7

Au volant de son petit bolide, Dante accéléra. Ils approchaient de Rome et devraient arriver à temps pour le dîner. À côté de lui, Connie regardait défiler le paysage depuis leur départ de Milan, tout en lui posant de nombreuses questions sur les villes dont les noms étaient inscrits sur les sorties d'autoroute.

— Il y a tant à apprendre sur l'Italie et sa culture ! s'exclama-t-elle. Je veux en absorber un maximum pendant mon séjour ici.

Dante ne répondit pas, se concentrant sur sa conduite pour dépasser un camion qui le gênait. Toutefois, ses paroles planèrent un long moment dans son esprit.

Comme elle lui posait une nouvelle question, il répondit de manière élaborée, heureux de la distraction. Il lui tardait d'en avoir fini avec ses rendez-vous d'affaires pour lui faire découvrir la ville. Ils devaient dîner avec Raf un soir, en définitive, et il espéra que cette fois son ami s'abstiendrait de s'amuser à ses dépens. L'expérience du restaurant à Milan lui avait suffi.

Il jeta un coup d'œil à Connie. Aussitôt, son expression s'adoucit, comme chaque fois qu'il la regardait. Elle aimerait

Rome, il s'en assurerait. Il aimait lui faire plaisir. C'était facile, d'ailleurs. Un rien l'enchantait.

Et elle méritait de prendre du bon temps après son existence difficile à soigner sa grand-mère.

De plus, il appréciait beaucoup sa compagnie et tout ce qu'ils faisaient ensemble. Le shopping, les visites, et les soirées calmes à Milan à regarder la télévision avant de partir se coucher en la sachant aussi impatiente que lui d'atteindre la destination finale de la journée.

Il n'avait jamais été aussi heureux, et c'était grâce à cette jeune femme pleine de vie, d'humeur égale et passionnée dans son lit. Elle l'excitait comme aucune autre auparavant et se donnait totalement à lui.

— Au fait, où descendons-nous à Rome ? demanda-t-elle brusquement.

— Au Falcone, un hôtel en bordure du centre historique. Le quartier est calme, mais à quelques minutes en taxi des sites importants. En parlant de ça, quels sont ceux en tête de ta liste à visiter une fois que je serai dégagé de mes obligations professionnelles ?

— Ils sont tellement nombreux, je ne sais pas par quoi commencer !

Le temps de discuter des intérêts respectifs des monuments et de l'ordre le plus logique dans lequel les voir, ils arrivèrent à l'hôtel.

Le Falcone, une magnifique villa du XIXe siècle à l'origine, était situé à mi-pente d'une des célèbres collines de Rome au cœur de jardins luxuriants avec une vue imprenable sur la ville. Il y avait aussi une piscine. Connie lui ayant assuré qu'elle serait heureuse de profiter du temps encore chaud en ce début de l'automne pour s'y prélasser avec un livre pendant qu'il travaillerait, Dante la quitta donc le lendemain matin l'esprit tranquille, mais pressé de la retrouver.

Pour la première fois de sa vie, il combinait un voyage d'affaires avec un véritable voyage d'agrément, ce qui aurait été impensable du vivant de son grand-père. Il comptait donc savourer chaque minute du second.

Une limousine de l'hôtel mise à sa disposition pour la journée le conduisit en ville. Son premier rendez-vous terminé, Dante rejoignit le restaurant où devait avoir lieu le deuxième. Son client venait de partir après un entretien des plus satisfaisants lorsque, alors qu'il signait l'addition, une voix familière lui fit lever les yeux.

— Raf, que fais-tu ici ?

— La même chose que toi, répondit-il en s'asseyant. Un déjeuner d'affaires qui vient de se terminer. Mais dis-moi, comment va Connie ?

— Bien. Je vais lui faire visiter Rome dès demain. La tournée classique, le Forum, l'hippodrome, la basilique Saint-Pierre, le Vatican, etc.

— Parfait programme. Au fait, je donne une soirée ce week-end pour mon anniversaire. Venez donc.

— C'est gentil, mais non.

— Pourquoi ? Tu connais pas mal de personnes présentes, et ce serait sympa pour Connie de découvrir la vie nocturne romaine. Sans compter que les gens seront certainement ravis de rencontrer ton épouse.

— Ce serait trop stressant pour elle. Je préfère ne pas l'exposer à la curiosité collective.

— L'y exposer, elle, ou t'y exposer, toi ?

Dante serra les dents. Le regard intense de son ami lui déplaisait, son côté scrutateur aussi.

— Ça suffit maintenant, Raf. Tu trouves amusant que j'aie

été obligé de me marier pour toucher mon héritage, mais ce n'est pas mon cas. Que mon grand-père se soit débrouillé pour me forcer la main depuis sa tombe me dérange depuis le début, tout comme le plaisir que tu as à me le rappeler à chacune de nos rencontres.

— C'est bon, répliqua son ami en levant une main pacificatrice. Oublions ma soirée. Pour en revenir à notre dîner, je serai heureux de vous retrouver au Falcone dont le chef est particulièrement renommé. Que dirais-tu de demain soir ?

— D'accord, répondit-il avec un soupir.

— Parfait, j'arriverai vers 20 heures. Salut, mon vieux. Bonnes visites à vous deux.

Dante regarda partir son ami, irrité par ses continuelles allusions à son mariage. Ne pouvait-il donc pas les laisser en paix, lui et Connie ? Ils ne se posaient pas de questions, eux. Ils ne voulaient qu'une chose : être seuls ensemble !

Comme par un fait exprès, un bip annonça l'arrivée d'un message sur son mobile. Le nom de Connie s'afficha.

J'espère que ton déjeuner d'affaires s'est bien passé. Je me prélasse encore au bord de la piscine. Une journée de farniente !

Sur une impulsion, il répondit :

Si tu as envie de changer de décor, pourquoi ne pas me retrouver en ville après mon dernier rendez-vous ? On pourrait boire un cocktail puis rayer de notre liste de visites les célèbres marches espagnoles ainsi que la fontaine de Trevi si ça te tente.

Sa réponse enthousiaste dissipa l'irritation de Dante. Raf n'avait aucune idée de ce que Connie et lui vivaient, et cela ne le regardait pas.

De bien meilleure humeur, il rejoignit la limousine du Falcone.

Tout en se dirigeant vers son rendez-vous suivant,

l'avant-dernier avant d'être libéré de ses obligations professionnelles, Dante réfléchit aux meilleurs endroits où boire un cocktail. Ils étaient légion… Son choix fait, il envoya à Connie la géolocalisation du bar.

Quelques heures plus tard, ils admirèrent le coucher de soleil en sirotant un cocktail puis montèrent et descendirent l'escalier menant à la Trinité-des-Monts. Après dîner, alors qu'ils arrivaient devant la fontaine de Trevi dont les eaux étaient illuminées la nuit, il demanda :

— Prête à lancer une pièce de monnaie dedans ?

— C'est indispensable ?

— Seulement si tu veux t'assurer de revenir à Rome un jour, plaisanta-t-il.

— Dans ce cas, autant mettre toutes les chances de mon côté !

Connie sortit alors une pièce puis, tournant le dos à la célèbre statue de Neptune, la lança par-dessus son épaule selon la tradition. Lorsqu'elle se retourna pour la chercher des yeux, il lui fut impossible de la trouver parmi toutes celles qui tapissaient le fond de la fontaine.

— Chaque matin avant l'arrivée des touristes, l'argent est ramassé pour être reversé à une organisation caritative, lui expliqua Dante. Maintenant, allons manger une *gelato* et boire un café avant de rentrer à l'hôtel.

Il lui passa un bras autour des épaules, réalisant combien ce geste l'emplissait chaque fois de plaisir. Tout en dégustant sa crème glacée, Dante fit part à Connie de sa rencontre avec Rafaello et de leur dîner ensemble le lendemain avant de suggérer :

— Quand tu auras vu assez de monuments ici, que

dirais-tu de poursuivre notre périple dans le sud et d'aller passer quelques jours à Amalfi ?

Elle haussa les sourcils.

— C'est plutôt loin, ça impliquerait de délaisser ton travail plus longtemps. Tu n'as pas à bouleverser ton emploi du temps pour me montrer toute l'Italie d'un coup. Je peux la visiter petit à petit. Ça ne me dérange pas de rentrer à Milan, j'y suis parfaitement heureuse.

Dante sourit.

— Pourtant, mon appartement ne t'emballe pas. Ce n'est pas vrai ? Il est beaucoup trop moderne pour ton goût, ne me dis pas le contraire.

— Il est idéal pour la vie urbaine, mais c'est dommage que tu n'aies pas une maison où t'évader le week-end, la campagne lombarde est si belle. Au fait, où as-tu été élevé ? Et où vivait ton grand-père ?

Bien que peu enclin à se pencher sur le passé, Dante répondit de bonne grâce.

— Il possédait un grand manoir en périphérie de la ville. Je l'ai vendu dès que j'en ai hérité. Ce n'était pas une propriété ancestrale, il l'avait acheté avec son premier argent important. Je ne l'ai jamais aimé. C'est là un de mes rares points communs avec mon père.

Il se demanda pourquoi avoir ajouté cette précision inutile quand son seul souhait était de vivre le présent avec elle, pas d'entrer dans les détails personnels de sa vie. Et ce d'autant plus qu'elle resta silencieuse un long moment.

— Vous étiez proches lorsqu'il a perdu la vie dans ce tragique accident ? finit-elle par demander.

Dante prit le temps de boire une gorgée de café, hésitant à mettre un terme à la conversation, mais, ayant lui-même abordé le sujet, il se résigna à répondre.

— Non. Mes parents menaient une vie de plaisirs. Je te l'ai déjà dit, j'ai été élevé par mon grand-père. Il était sévère, mais m'a inculqué le sens des responsabilités dans le but de me laisser diriger Cavelli Finance après lui. Il m'aimait, à sa manière. C'était un dur à cuire qui avait fait fortune par lui-même. Avec l'âge, il m'a de plus en plus impliqué dans ses affaires, mais toujours sous son étroite surveillance, une surveillance qui s'étendait au-delà du travail.

Dante but une nouvelle gorgée de café avant de poursuivre, mais sentit son amertume transparaître dans sa voix.

— Il voulait superviser ma vie entière, faire en sorte que je la mène selon *ses* préceptes. Peut-être que se sentir vieillir le poussait à vouloir assurer sa descendance, d'où la clause me forçant à me marier pour hériter de lui. Avec l'espoir que j'engendre la nouvelle génération.

Dardant alors les yeux sur Connie, il ajouta d'une voix frémissante de colère :

— J'étais furieux d'être manipulé d'outre-tombe et déterminé à trouver un moyen de déjouer ses plans.

Il sourit alors tandis que sa voix s'adoucissait.

— Et je t'ai rencontrée, Connie. Ensemble, nous avons trouvé la solution à tous nos problèmes. Avec en prime un bonus dont aucun de nous n'avait rêvé au départ.

Saisissant alors sa main inerte sur la table, il la porta à ses lèvres et en embrassa sensuellement le dessus.

— Un *super* bonus, dit-il d'une voix rauque.

Brusquement, il la lâcha, prit une poignée de billets dans son portefeuille, les posa sur la table et se leva.

— Rentrons à l'hôtel.

En proie à un désir impérieux, Dante enlaça alors la taille de Connie.

Le lendemain, après avoir visité la basilique Saint-Pierre, Connie voulut se rendre dans le quartier de Trastevere, de l'autre côté du Tibre.

— C'est un lieu très fréquenté par les touristes, et dont certaines parties sont à l'abandon. Tu risques d'être déçue après la splendeur de cet édifice.

Malgré l'avertissement de Dante, elle tint bon et aima l'atmosphère bohème de Trastevere. Après avoir déambulé dans des rues branchées grouillantes de monde, ils arrivèrent sur une petite place aux pavés usés par le temps et bordée de maisons anciennes. La peinture de certaines s'écaillait tandis que d'autres façades étaient recouvertes de lierre.

— Comme c'est pittoresque ! s'exclama-t-elle. Tu n'as pas envie de manger dans le coin ?

Dante ayant accepté, ils s'installèrent dans une trattoria. Le menu, limité à des pâtes, les changea des cartes élaborées de leurs restaurants habituels.

Connie trouva ses spaghettis délicieux et Dante à qui elle le disait reconnut que les siens l'étaient aussi. Sur sa suggestion, ils burent une bière artisanale.

— Le Trastevere est célèbre pour ses bières. Je me souviens les avoir toutes goûtées lors de mon dernier passage ici. Ça remonte à mes années d'étudiant. J'étais venu avec quelques copains. C'est très vivant par ici le soir. On avait fait de sacrées fêtes. J'en avais profité, car mon grand-père ne me lâchait jamais la bride.

Entre cette confidence et ce qu'il lui avait dit la veille du vieil homme, celui-ci ne semblait pas avoir été facile à vivre, songea Connie.

— Tu étais en fac ici ? demanda-t-elle, compatissante.

— Non, à Milan et contraint de continuer à vivre au manoir. Cette escapade à Rome avait pour prétexte de passer quelques jours avec Raf qui, lui, étudiait ici. C'était l'occasion pour moi d'explorer la vie nocturne. Je n'allais pas la laisser passer, tu l'imagines bien.

— Ton grand-père a l'air d'avoir été un maniaque du contrôle. Ma grand-mère a eu l'attitude opposée. Elle a tout fait pour m'inciter à choisir une université éloignée.

— Tu as eu de la chance. En fait, il ne voulait pas que je prenne goût à l'insouciance et devienne un égoïste sybarite comme mon père.

— D'accord, mais la vie d'étudiant vaut la peine d'être vécue. S'amuser un peu n'empêche d'ailleurs pas de travailler sérieusement le reste du temps.

— Comme je te le disais, il me serrait la vis. C'est pourquoi j'étais si résolu à retrouver ma liberté après sa mort. Et à la garder.

Dante but une gorgée de bière, puis reposa son verre avec une telle force que Connie sentit à quel point il était soudain tendu. Même s'il n'avait jamais eu de soucis financiers, sa vie n'avait pas dû être toujours rose. Mais désormais, délivré de la tutelle d'Arturo Cavelli, il était libre de faire ses choix de vie.

Et il l'avait choisie !

Par deux fois, même. Par obligation, le lendemain de leur rencontre et ensuite parce qu'elle lui plaisait à son retour du Lake District.

Sans ce dernier choix, ils ne seraient pas en train de déjeuner en tête à tête dans un quartier branché de Rome. Et il ne serait pas heureux d'y être. Car il l'était ! Son bonheur était trop visible pour qu'elle en doute.

La preuve, probablement conscient de son geste brusque, il la regardait avec un doux sourire aux lèvres.

— Alors, que veux-tu faire après déjeuner ? demanda-t-il d'une voix qui avait retrouvé sa chaleur habituelle.

— Eh bien, je pensais au vieux ghetto, à la basilique Sainte-Marie qui, d'après mon guide, possède de superbes mosaïques de Cavallini, un artiste dont je n'ai jamais entendu parler, ou bien nous pourrions aller voir le palais Corsini et sa galerie qui abrite des œuvres de Titien et du Caravage, deux peintres que je connais en revanche, même si ce n'est que superficiellement !

Voyant alors Dante hausser les sourcils en souriant, elle ajouta très vite :

— Mais si ça t'ennuie, nous pouvons aller visiter autre chose ou retourner au Falcone.

— Pas du tout, répondit-il d'un ton plein d'entrain qui réjouit Connie. Profitons de notre séjour pour en voir un maximum. Après, nous rentrerons nous baigner à l'hôtel avant de nous préparer à retrouver notre cher ami, l'ultra cool sieur Rafaello Ranieri.

Malgré l'ironie qui ne lui avait pas échappé, Connie avait ri. Toutefois, même si Dante qualifiait son ami de « cool », le moment venu de s'habiller, elle soigna particulièrement sa tenue.

Sa robe au vieil or chatoyant complétée par une veste souple assortie était élégante. Pour l'occasion, elle releva ses cheveux en un chignon élaboré qui, outre le fait de la faire paraître plus grande, apportait une touche sophistiquée à l'ensemble.

Comme elle sortait de la salle de bains, l'exclamation admirative de Dante lui fit chaud au cœur.

Rafaello, déjà arrivé lors de leur entrée dans le restaurant, se leva d'un bond pour les saluer et lui faire un compliment sur sa toilette, agrémenté d'un sourire chaleureux. La soirée débutait très bien.

Et se poursuivit de la même façon. En réponse à la question de l'avocat sur leur emploi du temps de la journée, Connie lui parla de leurs visites dans le Trastevere.

— Tiens donc, le Trastevere... Si mes souvenirs sont exacts, Dante et moi y avons passé une soirée mémorable avec des copains du temps de notre folle jeunesse !

— Oui, il m'en a parlé, mais m'a aussi dit que sa jeunesse n'a rien eu de fou sous la houlette de son grand-père.

— Balivernes, il a réussi à bien s'amuser à son insu, comme peuvent en témoigner bien des filles de la trempe de la flamboyante Bianca.

Connie vit l'expression de Dante se fermer, tout comme lorsqu'il lui avait parlé de la domination de son grand-père pendant leur déjeuner à la trattoria. De toute évidence, il n'appréciait pas les allusions de son ami à ses ex. Elle en fut heureuse.

— On dirait que tout cela a changé, maintenant, déclara alors Rafaello qui but une gorgée de vin avant de poursuivre. Quoi qu'il en soit, quels sont vos projets, après ce séjour à Rome ? Comptez-vous rentrer sur Milan ? À ce propos, l'appartement de Dante vous plaît, Connie, ou aimeriez-vous chercher une maison plus apte que sa garçonnière à accueillir votre bonheur conjugal ?

Son ton amical donnait à sa question l'allure d'une interrogation sincère. Dante ne l'entendit visiblement pas ainsi car, posant brusquement ses couverts, il darda sur lui un regard noir.

— Ça suffit, Raf. Je t'ai déjà dit d'arrêter tes plaisanteries sur le caractère forcé de notre mariage. Tu trouves peut-être ça drôle, mais pas moi, aussi je te prie de ne pas importuner Connie avec. Elle est venue à ma rescousse en m'épousant et a été remarquable depuis. J'espère en retour lui avoir facilité la vie, sur le plan financier du moins.

Il marqua alors une pause pour prendre la main de Connie sur la table et la serrer.

— Je suis heureux de l'avoir et de lui offrir une détente amplement méritée après les dures années d'épreuves qu'elle a vécues en prenant soin de sa grand-mère. Je ne te laisserai donc plus l'embarrasser avec tes allusions déplacées.

Puis passant à l'italien, il poursuivit, trop vite pour que Connie puisse comprendre autre chose que quelques mots isolés – et un prénom. Ne voulant pas être la cause d'une dispute entre les deux amis, elle détourna le regard et fit mine de s'absorber dans la contemplation de la salle de restaurant.

Comme il se taisait brusquement, Rafaello répondit brièvement ce qui sembla être une injonction à cesser la conversation.

Ramenant les yeux sur leur table, Connie vit Dante serrer les dents puis, en un geste délibéré, prendre la bouteille de vin dans le seau à glace et se servir.

— D'accord, dit-il alors, changeons de sujet. Tu me demandais quels sont nos projets après Rome. Eh bien, je pensais poursuivre notre séjour sur la côte amalfitaine. C'est un peu tard dans la saison mais, le beau temps semblant vouloir se prolonger, ça vaut le coup d'en profiter. Qu'en dis-tu, Connie ?

— J'aimerais beaucoup, mais…

Elle se tut, brusquement à court de mots tant ses émotions lui brouillaient l'esprit. Malgré son italien très rudimentaire, il lui semblait avoir saisi une partie des propos de Dante. Cependant, pourquoi aurait-il dit ça ? Elle avait dû mal comprendre…

Rafaello qui l'observait, l'air de rien, termina la phrase à sa place :

— Mais elle est terrifiée à l'idée d'être ta passagère sur ces routes escarpées avec leurs redoutables tournants en épingle à cheveux.

Connie se força à afficher un sourire, dont le résultat fut un tressautement sur ses joues peu probant.

— Il est vrai que Dante aime conduire vite, reconnut-elle, mais je m'y suis habituée.

— Et tu sais que je suis prudent, intervint celui-ci en lui posant une main rassurante sur le bras. Tu es en sécurité avec moi.

Cette phrase fit écho dans son esprit à celle qu'il avait prononcée pour la convaincre qu'elle n'avait rien à perdre et tout à gagner en acceptant son étrange proposition de mariage...

Elle sentit alors son estomac se serrer, et ne réussit cette fois encore qu'à afficher un sourire incertain, la seule manière de conserver à leur dîner un air de convivialité. Or, sans trop savoir pourquoi, cela lui semblait impératif.

De ce moment, Connie ne put faire honneur à la nourriture. Non pas par crainte d'un surplus de calories, mais parce que les mets délicats – et hors de prix – avaient désormais perdu leur saveur pour une raison à laquelle elle préférait ne pas penser.

À laquelle elle ne devait pas penser.

Du moins, pas en cet instant.

Ni dans le futur proche.

Pourtant, après s'être sentie toute la journée au cœur d'une bulle de douce béatitude, elle avait l'impression que celle-ci avait été percée et que son bien-être s'en échappait, très lentement...

Pire, elle était consciente que, en dépit de sa bonhomie,

Rafaello semblait la surveiller de son œil d'aigle, tel un avocat évaluant un témoin.

Ou un accusé...

Un accusé dont il cherchait à deviner les secrets.

En réaction, dissimulant son inquiétude, Connie se montra enjouée et dit combien elle serait heureuse de visiter Amalfi et la côte environnante.

— Je ne suis pas certaine cependant de vouloir voir Pompéi. Je trouve trop triste l'idée de tous ces gens figés à jamais en l'espace de quelques secondes dans leurs occupations quotidiennes.

Mais la soudaine mélancolie de sa voix n'était pas seulement due à l'horrible tragédie survenue deux millénaires auparavant aux habitants qui vaquaient à leurs activités sans se douter de rien.

C'était une tristesse beaucoup plus personnelle. Une tristesse qu'elle ne voulait pas formuler.

Et à laquelle elle ne supportait pas de penser en cet instant.

— Dans ce cas, nous n'irons pas, déclara Dante avec fermeté. Pas question de te bouleverser. Que dirais-tu de prendre un ferry et de rejoindre Capri, à la place ? Si le beau temps se maintient, bien entendu.

— Oh ! cela me paraît beaucoup plus sympathique.

En réponse, il lui adressa un sourire chaleureux, très intime, qui la rasséréna. Pourtant, sa loquacité précédente ne l'avait pas détendue, au contraire, elle se sentait tendue et distraite. Se savoir observée par Rafaello la troublait. La trouvait-il trop dépendante de Dante, trop possessive ou de mauvaise influence sur lui ?

Même s'il n'en laissait rien paraître, il n'avait jamais approuvé leur mariage. Nul besoin d'être devin pour s'en rendre compte.

Soudain elle eut hâte de voir leur dîner prendre fin.

Lorsque ce moment arriva et que Rafaello prit congé d'eux après lui avoir déposé un léger baiser sur la joue, avoir donné une petite tape sur l'épaule de son ami et leur avoir souhaité une bonne fin de séjour à Rome puis sur la côte amalfitaine, Connie ne parvint pas à se détendre.

L'avocat parti, Dante lui prit la main et, tandis qu'ils rejoignaient l'ascenseur, déclara gaiement :

— Allons boire un dernier verre en haut.

Connie hocha la tête en souriant.

Une fois dans leur chambre avec sa vue extraordinaire sur Rome et le dôme de la basilique Saint-Pierre illuminé, il leur versa un verre de limoncello pour elle et un de cognac pour lui.

— Il fait trop frais pour nous installer sur le balcon ce soir, dit-il en se dirigeant vers le canapé placé face aux baies vitrées.

Connie acquiesça.

Il posa leurs verres sur la table d'appoint à côté de lui, s'assit, l'attira sous son bras puis, étendant les jambes, fit valser ses chaussures et de sa main libre desserra son nœud de cravate.

Elle le regarda faire, admirant ses gestes décontractés si pleins de grâce, et se sentit fondre. Cet homme était tout simplement irrésistible...

Il reprit ensuite leurs verres, et ils goûtèrent leur alcool en silence. Connie se lova contre lui, heureuse d'avoir retrouvé leur douce intimité. Elle réalisa alors qu'elle avait pour la première fois entendu Dante tenir tête à son ami.

— Ce bon vieux Raf a vraiment le chic pour me pousser à bout. Je peux encaisser ses piques et sarcasmes, mais je ne veux pas qu'il te perturbe. Ce n'est pas qu'il soit méchant. En réalité, il prend simplement plaisir à provoquer les gens.

Un réflexe d'avocat, j'imagine. Quoi qu'il en soit, il peut se montrer particulièrement horripilant, parfois.

Son expression soudain plus sombre confirma ce propos.

— Son sens tordu de l'humour a déjà fait assez de dégâts lors de notre dîner ensemble à Milan, reprit-il. Je le lui ai dit, précisant que, pour limiter la casse, j'ai dû appeler Bianca Delmondi le lendemain et lui expliquer qu'il plaisantait.

Connie déglutit. Son espoir d'avoir mal compris les propos en italien de Dante à table venait de s'évanouir...

— Il m'avait semblé saisir le sens de tes paroles, mais je n'en étais pas sûre. Tu as dit à Bianca que nous n'étions pas mariés ?

Dante recula la tête pour la regarder.

— C'était le meilleur moyen pour qu'elle me laisse en paix.

Connie le fixa, la bouche soudain sèche.

— Mais... nous sommes mariés.

Il soupira.

— D'accord, mais ça ne regarde que nous. Je ne vais pas clamer sur les toits que j'ai été obligé de le faire. Seuls Raf et les avocats de mon grand-père le savent. Je tiens à ce que cela reste ainsi.

De toute évidence, Dante était irrité. Connie perçut même de la frustration et du ressentiment dans sa voix.

Un refus catégorique de ce à quoi il avait été poussé !

Elle sentit un brusque froid couler dans ses veines, mais il poursuivait déjà.

— C'est pour cette raison que je t'ai gardée pour moi seul. Je ne veux pas que les gens parlent de nous, spéculent sur notre relation. Et je veux encore moins avoir à fournir des explications. Comme je te l'ai dit, c'est notre affaire, celle de personne d'autre !

L'expression de Dante s'adoucit, il lui déposa un baiser sur les cheveux, puis fit tourner son cognac dans son verre, l'air méditatif. Mais la chaleur de sa main posée sur l'épaule de Connie ne parvint pas à dissiper le froid glacial qui l'avait envahie.

— En fait, reprit-il, toi et moi avons dû faire face à des situations familiales d'une manière que nous n'aurions jamais envisagée dans d'autres circonstances. Une manière qui nous a été imposée. Si j'avais pu hériter en restant célibataire, je l'aurais fait. Si tu avais eu les moyens de prendre soin de ta grand-mère seule, tu l'aurais fait. Ni toi ni moi ne voulions de ce mariage, et ses conséquences ont été un défi différent pour chacun de nous.

Cette explication, pourtant délivrée d'une voix douce, ne parvint pas davantage à ramener un peu de chaleur dans le corps de Connie. Murée dans le silence, elle l'écouta poursuivre :

— Tu as été un véritable cadeau du ciel pour moi. Tu t'en doutes, j'imagine, et tu sais à quel point j'ai apprécié que tu acceptes ma proposition. Aussi, j'étais sincère tout à l'heure. Après tout ce que tu as enduré ces dernières années, tu mérites de passer de merveilleux moments ici, et je suis heureux de pouvoir te les procurer.

Il lui déposa un autre baiser sur les cheveux, puis se pencha pour lui effleurer la joue des lèvres. Leurs yeux se rencontrèrent, et elle lut dans les siens ce qui l'avait toujours fait fondre.

Hélas, le présent semblait s'être figé, comme si une enveloppe de glace les avait recouverts, la glaçant, elle, jusqu'à la moelle.

— Inutile de te dire combien j'ai trouvé extraordinaire ce temps passé avec toi, ajouta-t-il d'un ton presque bourru avant de boire une nouvelle gorgée de cognac. Sache qu'en dépit des remarques idiotes de Raf, je respecte totalement ton désir de mener ta propre vie, que ce soit en poursuivant tes études ou en entamant une carrière professionnelle. Il nous reste quelques mois de mariage ensemble afin de ne pas éveiller les soupçons des avocats de mon grand-père, mais je ne veux pas que tu te sentes obligée de rester en Italie avec moi. Tu peux rentrer en Angleterre quand tu veux.

Comme il lui posait un baiser aérien sur les lèvres, elle vit un éclat brûlant bien connu dans ses yeux, mais se sentit toujours aussi gelée.

— Mais j'espère que tu n'en auras pas envie trop tôt. Aussi, je te propose d'aller à Amalfi et pourquoi pas dans les Dolomites après. L'hiver approche, nous pourrions en profiter pour skier. As-tu déjà fait du ski ?

Connie se racla la gorge afin d'en déloger la boule qui l'obstruait.

— Non, jamais.

Un sourire satisfait étira les lèvres de Dante, dévoilant ses dents à la blancheur éclatante.

— Alors, faisons cela. Les Dolomites sont spectaculaires. On pourrait même y passer Noël. Qu'en penses-tu ?

Incapable de parler, elle se contenta de lui adresser un faible sourire. De toute manière, tout à son idée, il ne semblait pas attendre de réponse.

— La neige y est certes meilleure en janvier ou en février, mais d'ici là, nous aurons peut-être envie de retrouver la chaleur. On pourra aller aux Seychelles, aux Maldives ou à Maurice, par exemple. Les îles à climat tropical ne manquent pas, et nous avons encore quatre mois avant de songer à lancer la procédure de divorce.

Connie l'écoutait parler, mais sa voix lui semblait provenir de très loin, comme si un gouffre s'était ouvert entre eux et ne cessait de s'élargir. Un précipice sans fond dans lequel elle se sentait tomber, tomber, tomber...

Et il n'y avait rien qui puisse arrêter sa chute.

8

À califourchon au-dessus de Dante, Connie plaça ses paumes sur son torse puis, du bout des doigts, traça le contour de ses muscles puissants. Penchant alors la tête, elle suivit des lèvres le trajet de ses doigts, heureuse de sentir son amant gémir de plaisir.

C'était peut-être la dernière fois qu'elle faisait l'amour avec lui…

Remontant les lèvres le long de son cou, elle rencontra sa bouche qui prit possession de la sienne tandis qu'elle sentait ses mains se refermer autour de sa taille et guider ses hanches vers sa virilité. Son pouls s'accéléra, un désir intense la submergea.

Elle se souleva légèrement, juste assez pour lui permettre de la pénétrer.

Comme leurs corps se joignaient, Connie poussa un gémissement qui fit écho à celui de Dante. Elle plaça alors les mains sur le drap et se cambra pour l'accueillir plus pleinement.

Son besoin de lui était toujours aussi absolu, impérieux même.

Elle entama un lent et sensuel va-et-vient, sentant leur plaisir monter de seconde en seconde. Les mains de Dante se resserrèrent sur sa taille, ses doigts se déployèrent sur la rondeur de ses hanches, la maintenant là où il voulait, là où elle voulait être.

Leurs corps se mouvaient en totale harmonie.

Son plaisir devint soudain à peine supportable. Aussi, s'abandonnant à l'extase, elle lâcha un cri. Dante la suivit quasi simultanément.

Connie se laissa tomber sur lui et savoura la merveilleuse sensation de le sentir palpiter au cœur de son intimité.

Ils ne faisaient plus qu'un !

Il était à elle, et elle à lui.

Il referma les bras autour de ses épaules et la serra contre lui. La tête pressée sur son torse, elle sentit leurs cœurs battre à l'unisson dans leurs corps comblés. Peu à peu leurs souffles s'apaisèrent.

Dante lui effleura les cheveux de sa bouche en murmurant son prénom. En proie à une bouleversante béatitude, Connie sentit ses paupières s'alourdir, et sombra lentement dans le sommeil.

En entendant son téléphone biper, Dante tendit la main vers la table de nuit. Qui pouvait bien l'appeler à une heure si tardive quand tout ce qu'il souhaitait était de savourer son bien-être post-coïtal avant de dormir jusqu'au matin ?

À la vue du nom affiché sur l'écran, il grimaça, se dégagea doucement des bras de Connie et, marchant sur la pointe des pieds pour ne pas la réveiller, aller prendre l'appel dans la salle de bains. La conversation fut courte, mais son résultat le contraria.

Bien à contrecœur, il régla le réveil avec un volume de sonnerie faible. Cela fait, il regagna le lit et enlaça le doux corps de Connie.

Dans les minutes suivantes, il dormait.

Il lui sembla avoir à peine eu le temps de fermer les yeux lorsque la sonnerie du réveil le tira du sommeil à une heure affreusement matinale. Il l'éteignit aussitôt puis fila prendre une douche et se raser.

Une fois habillé, Dante revint à côté du lit et admira le visage serein de Connie tout en se demandant comment il avait pu ne pas remarquer sa beauté pendant la première année de leur mariage. Il aimait tout chez elle, son corps si féminin, ses cheveux dont une boucle reposait en cet instant sur l'arrondi de son épaule, ses longs cils posés en éventail sur ses joues et sa bouche légèrement entrouverte dans le sommeil qui appelait les baisers.

Et dire qu'il était obligé de partir quand il avait tant envie de passer une autre journée à déambuler dans Rome avec elle…

Quelle poisse !

Après lui avoir effleuré les lèvres des siennes, il lui caressa l'épaule.

Connie ouvrit les yeux et le fixa d'un regard incertain, probablement inquiète de le voir habillé de si bonne heure.

— Je dois partir à Genève rencontrer un client. Une affaire urgente dont je me serais bien passé. Je vais attraper le premier avion et espère rentrer à temps pour dîner avec toi. Profites-en pour te prélasser à l'hôtel ou bien demande au concierge de mettre une limousine à ta disposition si tu veux aller en ville. À ce soir.

Conscient du temps nécessaire pour rejoindre l'aéroport Leonardo da Vinci à Fiumicino, et craignant de rater son vol, il l'embrassa rapidement.

— Je suis vraiment désolé.

Sur cette excuse, il quitta la chambre en rêvant d'être déjà d'être de retour pour la retrouver.

Car il n'avait envie d'être nulle part ailleurs.

Qu'au Falcone.

Avec Connie.

Pendant un long moment, Connie fixa le plafond. La chambre était étrangement silencieuse sans Dante. Il n'y avait même pas le ronronnement de la climatisation, car la température ayant chuté, elle n'était plus nécessaire. Et le chauffage ne l'était pas encore.

Il faisait tantôt chaud, tantôt froid.

Comme en elle où son sang semblait passer de brûlant à glacial, et son esprit oscillait entre béatitude et peur panique dans cette pièce où les premières lueurs du jour filtraient tout juste à travers les rideaux, comme hésitant à chasser la nuit. Des pensées éparses lui vinrent, tels des filaments de rêve.

Mais elle n'avait pas rêvé durant la nuit. Rien d'étonnant quand Dante avait brisé son rêve le plus cher en quelques mots.

Une phrase, en fait, qui se présenta aussitôt à sa mémoire.

« Nous avons encore quatre mois avant de songer à lancer la procédure de divorce. »

Une phrase fatale qui défila en boucle dans sa tête, tel un disque rayé impossible à arrêter. De simples mots qui, à peine prononcés, avaient réduit à néant tous ses espoirs en plus de son stupide rêve.

Connie réalisa qu'elle s'était endormie en entendant la sonnerie du téléphone de l'hôtel posé sur la table de chevet. Encore ensommeillée, elle tâtonna pour attraper le combiné.

— Ici la réception, *signora* Cavelli. Le *signor* Ranieri vous attend.

Elle sursauta, déconcertée. Rafaello ?

— Dites-lui... que j'arrive.

Connie raccrocha le téléphone et s'assit. L'horloge lumineuse affichait 10 heures. Que diable pouvait bien lui vouloir Rafaello ?

À cet instant, un bip lui annonça l'arrivée d'un SMS. Numéro inconnu... Elle lut le message.

Bonjour, Connie. J'espère ne pas vous déranger. Dante m'a demandé de passer vous voir, car il était ennuyé d'avoir dû vous abandonner sans préavis. Je suis à votre disposition pour la journée si vous avez envie de sortir. Ciao. Rafaello.

Peu désireuse de l'affronter au saut du lit, elle fut tentée de lui répondre par un refus. Mais qu'avait-elle à craindre de lui quand même ses propres pensées la terrorisaient ?

De toute manière, la politesse exigeait de se montrer courtoise envers l'ami de Dante.

Connie tapa rapidement un SMS le remerciant et l'informant de sa prochaine arrivée, puis fixa quelques minutes la chambre luxueuse avec son mobilier, ses tapis raffinés et ses lourds rideaux de velours. Soudain elle se sentit étrangère à ce lieu.

Tellement étrangère...

Repoussant brusquement le drap, elle refoula ses pensées en déroute et ses espoirs brisés, se leva et fila dans la salle de bains.

Comme son avion s'immobilisait devant le terminal de l'aéroport de Genève, Dante regretta de ne pas avoir demandé à Connie de l'accompagner. Elle aurait pu faire du shopping pendant qu'il travaillait. Ainsi, ils auraient été ensemble pendant les vols, et elle ne lui manquerait pas en cet instant. Ils auraient même pu passer la nuit sur place et ne rentrer que le lendemain à Rome.

Il l'avait quittée la mort dans l'âme le matin. C'était bizarre, car aller passer la journée à son bureau à Milan ne le dérangeait pas. Mais il restait dans la même ville. Partir dans un pays différent, même s'il allait rentrer le soir même, était différent.

Avant de débarquer, il lui envoya rapidement un SMS.

Tu me manques déjà. J'ai demandé à Raf de venir te tenir compagnie en mon absence. À ce soir. Je te texterai mon heure d'arrivée – le plus tôt sera le mieux !

Dante termina son message par une ligne de smileys qui la feraient sourire elle aussi, il le savait. Son mobile rangé dans sa poche, il se hâta de quitter l'avion.

Plus vite il serait à Genève, plus vite il verrait son client et plus vite il pourrait repartir et retrouver Connie.

Connie, la seule personne avec qui il avait envie d'être.

En entrant dans le somptueux lobby de l'hôtel, Connie vit Rafaello se lever et venir à sa rencontre, un sourire aux lèvres.

Arrivé à un mètre d'elle, il se figea et scruta son visage, l'air inquiet.

— Ma parole, vous êtes livide.

Lui prenant aussitôt le coude, il la guida jusqu'au lounge attenant, peu fréquenté à cette heure. Seules quelques personnes y prenaient un petit déjeuner tardif. Il choisit deux fauteuils loin d'elles, séparés par une table basse et près des baies vitrées surplombant les jardins.

Connie s'assit, se sentant aussi faible qu'une poupée de chiffon.

— Que se passe-t-il ? demanda Rafaello après avoir pris place face à elle.

— Je ne sais pas quoi faire.

— À quel sujet ?

— Dante, lâcha-t-elle en un souffle.

L'avocat croisa les jambes.

— Ah...

Comme un serveur arrivait, il demanda à Connie :

— Avez-vous pris un petit déjeuner ?

Elle secoua la tête, hébétée.

— Remédions tout de suite à cela.

Sur ce, il commanda des viennoiseries, un jus d'orange et deux cafés.

Le serveur parti, Rafaello demanda :

— Qu'est-il arrivé pour que vous soyez abattue à ce point ?

— Lorsque Dante vous a parlé en italien, hier soir, j'ai cru comprendre qu'il avait affirmé à Bianca ne pas être marié. De retour dans la chambre, il me l'a confirmé, m'a expliqué pourquoi il l'avait fait, puis m'a parlé de... moi.

Connie se tut, la gorge soudain serrée.

— Qu'a-t-il dit ?

Elle hésita à répondre. Il s'agissait de propos personnels. Songeant alors que Rafaello avait désapprouvé leur mariage, l'entendre lui ferait plaisir.

— Il a dit que, même si nous avions encore quelques mois à passer ensemble avant de lancer la procédure de divorce, je ne devais pas me sentir obligée de rester avec lui en Italie et pouvais rentrer quand je voulais en Angleterre où une nouvelle vie m'attendait, ce qu'il comprenait et respectait.

Elle se tut alors, la bouche affreusement sèche, et baissa les yeux pour éviter le regard de Rafaello empreint sans aucun doute de satisfaction.

— Eh bien, dit-il après un long silence, au moins vous savez à quoi vous en tenir. Ah... votre petit déjeuner arrive. Manger va vous faire du bien.

Connie n'en avait guère envie, mais elle se sentait trop faible pour réfléchir correctement et devait donc reprendre des forces.

Le serveur disposa sur leur table une assiette de viennoiseries fraîchement sorties du four vu l'arôme qui s'en dégageait, une barquette de beurre et plusieurs petits pots de confiture ainsi qu'une cafetière en argent et un verre de jus d'orange.

L'homme parti, Rafaello leur servit le café. Connie en but une tasse puis, malgré son manque d'appétit, mangea un croissant, consciente de son regard posé sur elle.

— Vous ne vouliez pas que Dante m'épouse, n'est-ce pas ? demanda-t-elle d'un ton las.

Il laissa passer quelques secondes avant de répondre.

— Dans la mesure où vous ne vous connaissiez absolument pas, je trouvais ce mariage très risqué. De plus, Dante agissait sous le coup de la colère à l'époque, or cela ne pouvait pas l'inciter à prendre une sage décision. Toutefois, hier vous sembliez si bien vous entendre que j'espérais...

Il s'arrêta net, soupira, puis demanda d'un ton empreint de gentillesse :

— Que comptez-vous faire à présent, Connie ?

L'âme et le cœur à l'agonie, elle se mordit la lèvre avant de prononcer les mots tant redoutés.

— Je dois le quitter.

Un lourd silence suivit sa réponse. Rafaello finit par le briser.

— C'est la bonne décision, à mon avis. Pour vous deux.

Elle le fixa, cherchant à lire ses pensées, mais il avait son visage impassible d'avocat.

— Il y a autre chose que vous devriez faire, ajouta-t-il.

— Quoi ?

Rafaello le lui dit alors.

En route pour l'hôtel de son client, tandis que son chauffeur se frayait un chemin dans la circulation de Genève, Dante fronça les sourcils en voyant le SMS qui venait d'arriver.

Ciao, Dante. Connie n'était pas au Falcone. Elle semble être partie en ville seule.

Il envoya aussitôt un message à Connie.

Désolé d'apprendre que tu as raté Raf. Amuse-toi bien à Rome. Que comptes-tu visiter ?

En arrivant à son rendez-vous, il n'avait pas encore reçu de réponse. À sa sortie, deux heures plus tard, toujours rien.

Coucou. Comment ça va ? Mon rendez-vous est fini, je devrais donc pouvoir prendre un avion plus tôt que prévu. Je peux te retrouver en ville ou au Falcone. À toi de choisir.

Pas de réponse à ce message non plus.

À contrecœur, mais en proie à une subite anxiété, il en envoya donc un à Raf. Même si Rome était une ville relativement sûre, Connie aurait pu se faire dérober son téléphone. Faute d'avoir des nouvelles, son ami lui promit de texter à son tour à la jeune femme pour l'informer que Dante cherchait à la joindre.

Dante appela ensuite le Falcone, elle aurait pu y être rentrée. Ce n'était pas le cas.

Il chercha à se rassurer en évoquant les possibilités les moins graves. Connie aurait pu oublier de charger son téléphone, ou bien l'avoir mis dans son sac et ne pas l'entendre. Il se pouvait aussi qu'elle l'ait oublié dans leur chambre d'hôtel. Malgré toutes ces éventualités, son anxiété continua de monter.

Par chance, un message d'elle arriva au moment où il prenait place à bord de l'avion.

Je viens d'atterrir en Angleterre. J'ai appris à mon réveil que j'avais une possibilité de postuler pour un programme de master en dernière minute, et l'ai saisie. Je suis désolée d'avoir écourté nos merveilleuses vacances, Dante, mais c'est peut-être mieux ainsi. Il est temps de poursuivre nos vies, elles ont été mises en suspens assez longtemps.

Le message se terminait par quatre baisers. Pas de mot affectueux.

Une intense frustration – doublée d'une émotion beaucoup plus profonde qu'il préféra ne pas examiner – fondit sur Dante.

Il s'appuya contre son dossier et ferma les yeux.

Lorsque Connie arriva dans son cottage, la nuit était tombée. Le bus d'Heathrow l'avait déposée dans une ville voisine d'où elle avait dû prendre un car local puis terminer le trajet en taxi. Un voyage épuisant. Physiquement comme moralement.

La maison était froide et sentait le renfermé après avoir été inhabitée si longtemps. Connie ramassa le courrier accumulé au sol depuis le dernier passage de Mme Bowen et l'ajouta à la pile sur la console de l'entrée, puis se rendit dans la cuisine où elle mit la chaudière en marche. Allumer un feu dans la cheminée du salon aurait apporté une douceur immédiate, mais elle n'avait plus aucune énergie. Sa seule envie était de monter, prendre une douche, se réfugier dans son lit, et pleurer.

Mais à quoi bon laisser libre cours à sa douleur ? Elle se

retrouvait dans cette situation par sa propre faute. En lui demandant de l'épouser, Dante avait été on ne peut plus clair. Leur mariage avait pour seul but de leur permettre d'obtenir ce qu'ils voulaient. Entrer en possession de son héritage, pour lui. Assurer les meilleurs soins à sa grand-mère sans la déraciner, pour elle. Rien de plus. Un contrat bénéfique pour chacun d'eux.

Tout avait fonctionné comme prévu tant que sa grand-mère vivait, tant que Connie était la jeune femme effacée, rondelette et mal fagotée de cette période.

Puis elle avait changé, et avait voulu réaliser son rêve : se sentir désirable aux yeux de cet homme si séduisant.

Lorsque cela était arrivé, lorsque Dante l'avait prise dans ses bras et faite sienne, le moment avait été magique, encore plus merveilleux qu'elle ne l'avait imaginé.

Et la réalité avait dépassé son rêve. Leur relation s'était intensifiée au fur et à mesure des jours passés ensemble. De retour à Milan, après leur séjour dans l'île de l'archipel toscan, une routine douillette s'était installée. Une fois Dante parti travailler, elle allait au marché acheter les ingrédients de leur dîner, puis faisait quelques visites et étudiait l'italien, avant, le soir venu, de cuisiner pour lui ou avec lui.

Ils agissaient comme un couple réellement marié...

Car c'était bien là son rêve ultime. Vivre avec Dante le même bonheur conjugal que ses parents avaient vécu – avant que le destin n'y mette fin tragiquement. Et que le leur dure toute leur vie.

Mais ce n'était pas le rêve de Dante. Il n'avait jamais voulu de vie conjugale éternelle. Pas avec elle.

Il la voulait seulement pour un temps limité.

Avoir cru que leur si parfaite entente et son désir insatiable d'elle lui feraient réviser sa vue sur leur mariage était vraiment stupide.

Connie ne pouvait en vouloir qu'à elle-même de s'être bercée d'illusions.

Un goût amer lui envahit la bouche.

Elle serra fort les yeux sur ses larmes.

Désormais, elle devrait vivre à jamais avec ses regrets.

Sans Dante.

9

Dante se renfonça dans son fauteuil en soupirant. Il lui était impossible d'apporter sa totale attention au plan d'investissement complexe qu'il était en train d'élaborer pour un client particulièrement exigeant. Les pages de nombres, de diagrammes et de listes de placements potentiels se brouillaient devant ses yeux.

Son esprit revenait toujours à un seul sujet.

Connie.

Or elle n'était plus avec lui.

Pourquoi était-elle partie si vite ?

La question ne cessait de le torturer. N'aurait-elle pas pu postuler pour son master depuis l'Italie ? Tout se passait en ligne au XXIe siècle. Si on lui avait proposé un rendez-vous, elle aurait pu faire un aller-retour en Angleterre. Il l'aurait volontiers accompagnée, d'ailleurs. Cela leur aurait permis de faire un saut au cottage pour s'assurer que tout allait puis de passer quelques jours à Londres.

Mais au lieu de l'avertir, d'attendre le soir pour en discuter avec lui, elle était partie, d'une minute à l'autre, laissant dans la chambre d'hôtel tous ses vêtements à l'exception de ceux nécessaires à son voyage.

Quelle hâte, quand il leur restait encore quelques mois à passer ensemble.

Si elle était acceptée dans ce fichu cours, c'en serait fini de leur temps partagé.

Cette pensée le frappa tel un coup de poing en pleine figure.

Sur ces entrefaites, son assistante entra et lui remit une grande enveloppe arrivée de Londres.

L'esprit absent, Dante la décacheta et en sortit une liasse de feuilles. À la vue de l'en-tête sur la première, son souffle se suspendit. Totalement stupéfait, il parcourut alors le document.

Assise dans le train, Connie regardait défiler le paysage, si morne sous la pluie avec les arbres dépouillés de leurs feuilles. L'automne cédait la place à l'hiver et le temps était triste et glacial.

Se sentant frissonner, elle resserra les pans de son manteau, récemment acheté pour remplacer son vieux duffle-coat. Malgré ses finances renflouées, elle n'avait pas fait de dépenses extravagantes lorsqu'il lui avait fallu se remonter une garde-robe d'hiver.

Ses acquisitions n'avaient rien à voir avec les sublimes vêtements que Dante lui avait offerts dans les boutiques de couturiers du célèbre Quadrilatère de la mode à Milan.

Ces derniers étaient tous restés en Italie, y compris ceux qu'elle avait emportés à Rome. Dante les vendrait peut-être. Même en seconde main ils valaient beaucoup d'argent.

Elle écarta résolument cette idée. Penser à lui ne rimait plus à rien.

Trop tard, le mal était fait. Elle était malheureuse. Il lui manquait tellement...

Envisager le reste de sa vie sans lui était affreusement douloureux.

Mais si elle avait cédé à la tentation de rester avec lui, malgré ses propos, et attendu qu'il décide du moment où ils pouvaient enfin divorcer sans danger pour son héritage, la séparation aurait été pire.

Le quitter ce matin-là avait déjà été assez difficile, même en étant convaincue d'agir pour le mieux.

Sans Rafaello, elle n'en aurait peut-être pas eu le courage. La gorge de Connie se serra tandis que les propos de l'avocat s'imposaient à sa mémoire.

« Ne vous croyez pas obligée de prolonger votre mariage plus longtemps. Demander dès à présent le divorce pour incompatibilité de caractères n'invaliderait pas l'héritage de Dante. De plus, ce motif n'est pas entièrement faux, n'est-ce pas ? »

Incompatibilité de caractères...

Le poids de ces trois mots avait fini d'anéantir les rêves et espoirs si stupidement entretenus.

Connie avait pourtant cru que Dante avait les mêmes et voudrait passer sa vie avec elle. Mais il n'en avait jamais eu l'intention. Pour lui, leur mariage avait toujours eu une date de péremption !

Un gémissement lui échappa. Par chance, son compartiment étant quasi vide, nul n'était témoin de son désespoir. Seul le paysage morne l'était, aussi sombre et désolé que son cœur.

Connie aurait préféré ne pas avoir à se déplacer à Londres, mais c'était nécessaire selon Rafaello. À ce stade du divorce, les conjoints devaient être tous deux présents. Il avait aussi repoussé son idée de s'adresser à un cabinet local. Dante étant italien et ses ressources amplement supérieures aux siennes, seul un avocat londonien spécialisé avait le niveau suffisant. Par chance, lui-même en connaissait un. Elle avait donc suivi ses recommandations.

D'un côté, elle était reconnaissante à Rafaello de la guider dans ce processus atrocement douloureux. Son aide la touchait. Mais, si ça se trouvait, il le faisait parce qu'il la plaignait.

De l'autre, elle se demandait s'il n'agissait pas ainsi plutôt par désir de libérer le plus rapidement possible son ami d'un lien pesant.

Brusquement, les larmes trop longtemps retenues jaillirent de ses yeux. Sa peine était trop lourde à l'idée de savoir que Dante – l'inconnu d'alors qui après leur mariage était devenu son ami attentionné, puis son amant au désir aussi fougueux qu'insatiable, l'homme autour duquel elle avait bâti ses rêves insensés – ne l'avait jamais voulue pour femme au sens réel du terme. Celle qu'elle souhaitait de tout son cœur être pour lui.

Jamais !

Dans l'avion qui l'emmenait en Angleterre, Dante s'efforçait de maîtriser ses émotions. Il était indispensable de garder l'esprit clair.

Malgré cela, il se souvint de sa fureur pendant qu'il roulait dans le West Country où Rafaello lui avait dit devoir assister à un mariage – ce fichu mariage ! –, pour supplier son ami de le sortir de l'ultime piège que lui avait tendu son grand-père.

Jamais il n'avait été aussi en colère de sa vie.

Mais en cet instant, il lui était difficile de discerner si la colère faisait partie des émotions qui brouillaient ses pensées. Un peu, peut-être. En fait, il n'arrivait pas à les qualifier. Quelle importance, d'ailleurs ? Le plus important était de les canaliser.

Et de se concentrer.

Ce qu'il fit en parcourant une énième fois les documents qu'il tenait à la main.

La demande de divorce.

Et la lettre de l'avocat de Connie arrivée peu après et lui demandant un rendez-vous.

En sortant de la gare de Paddington, Connie prit un taxi jusqu'à une élégante maison du quartier des Inns of Court où se trouvait le cabinet d'avocats que Rafaello lui avait recommandé. Ce dernier, déjà arrivé, l'attendait dans le hall de réception.

La gorge serrée, elle le laissa la débarrasser de son manteau – qu'il suspendit dans un renfoncement conçu à cet effet –, puis le suivit au premier étage où la secrétaire les introduisit dans le bureau de l'associé principal, un homme avec qui elle avait jusque-là uniquement parlé au téléphone.

Celui-ci fit le tour de son bureau ancien en acajou dès leur entrée.

— Je suis heureux de vous rencontrer enfin en personne, madame Cavelli.

Connie prit sa main tendue.

— Bonjour, maître. J'en suis heureuse moi aussi.

Une fois assise dans le fauteuil que Rafaello lui présentait, elle demanda :

— Que va-t-il se passer, à présent ?

L'avocat reprit sa place derrière sa table de travail avant de répondre d'un ton aimable, tout en la regardant par-dessus la monture de ses lunettes :

— Ainsi que vous le savez, votre époux a reçu la demande de divorce. Vous vous êtes mariés en Angleterre, c'est un point positif. Toutefois, M. Cavelli étant de citoyenneté italienne, cela complique le processus, ce dont vous avez été avertie.

Elle hocha la tête vers Rafaello qui, assis à côté d'elle, précisa :

— À un moindre degré simplement, comme je vous l'ai expliqué, Connie.

Les doigts crispés sur la poignée de son sac à main, elle tourna la tête vers l'avocat.

— En effet. Tout ce que je désire est que le divorce se passe rapidement et avec un minimum de tracas.

— Bien sûr. C'est tout à fait compréhensible. Cela dit, poursuivons...

Le téléphone sonnant sur son bureau, il s'interrompit, murmura une excuse à l'intention de Connie et prit la communication.

Après avoir écouté quelques secondes, il dit :

— Je vous remercie. Oui, faites cela tout de suite, s'il vous plaît.

Le combiné raccroché, il leva les yeux vers Connie. Son regard était indéchiffrable.

Tout comme celui de Rafaello, réalisa-t-elle alors, soudain alarmée.

À travers la lourde porte de chêne du bureau, Connie entendit des pas se rapprocher rapidement, puis la porte s'ouvrit presque à la volée.

Dante apparut dans la foulée.

Dante s'arrêta net en pénétrant dans le bureau. Un homme d'âge moyen, portant des lunettes demi-lune, s'avança vers lui, main tendue.

— Monsieur Cavelli...

Il l'ignora. Il n'avait d'yeux que pour une personne dans la pièce. Une seule.

Son épouse.

Son épouse, dont Rafaello Ranieri serrait l'épaule d'une main !

Le sang de Dante ne fit qu'un tour.

Toutes les émotions qu'il s'était efforcé de contenir pendant son vol depuis Milan éclatèrent avec une violence inouïe.

— Ôte tes mains de ma femme !

Une exclamation de stupeur s'éleva.

— Allons, monsieur Cavelli ! Je vous en prie, restez courtois !

Dante ignora le conseil de l'avocat. Ignora tout, sauf la vision de Rafaello touchant Connie.

Sa rage s'en trouva attisée. Sous son effet, ses paroles sortirent en italien.

— C'est toi, n'est-ce pas ? C'est toi qui as manigancé tout ça ! Sois maudit à jamais ! Tu m'entends ? Va pourrir en enfer !

Il vit Rafaello se lever de son fauteuil et, sans lâcher l'épaule de Connie, lever une main apaisante.

— Calme-toi, Dante.

Son ton posé ne fit qu'enrager davantage Dante. Il fonça vers lui, prêt à écarter sa main de Connie et, dans la foulée, à faire mordre la poussière à son ancien ami.

Un cri l'arrêta dans sa lancée. Connie s'était levée d'un bond, délogeant dans ce mouvement la main de Rafaello.

La rage de Dante changea de direction pour se diriger sur elle, mais s'exprima avec la même puissance que dans sa langue maternelle.

— Tu joues à quoi, là, Connie ? Tu me quittes d'une minute à l'autre, sans même me fournir la moindre explication, tu files en Angleterre et maintenant tu veux divorcer ! Alors, je répète : à quoi joues-tu, là ?

— Pourquoi es-tu si surpris, Dante ? demanda Rafaello. Vous aviez prévu de divorcer, n'est-ce pas ? Connie a simplement accéléré la procédure.

Son ton toujours aussi calme vint à bout du peu de maîtrise qu'il lui restait.

— Toi, boucle-la, Raf ! Tout ça, c'est à cause de toi ! C'est toi qui as mis cette idée en tête à Connie. Mais pourquoi tu as fait ça, et comment tu y es arrivé, mystère ! Tu ne l'emporteras pas au paradis, crois-moi.

Ramenant les yeux sur Connie, Dante vit soudain son visage devenir livide. Elle porta une main à sa bouche, étouffant un autre cri puis, passant devant lui, ouvrit la porte et se précipita hors du bureau.

Elle le fuyait.

Tout en descendant l'escalier, Connie haletait et avait l'impression de ne plus pouvoir respirer. Au lieu de s'arrêter pour reprendre son souffle, elle continua, pressée de mettre de la distance entre elle et Dante.

Il lui était impossible de supporter une minute de plus sa fureur envers elle.

Arrivée dans le hall de réception, elle récupéra son manteau, enfila une manche en toute hâte et fonça vers la sortie tout en bataillant pour passer le bras dans l'autre sans lâcher son sac à main. De l'arrière lui parvenaient les bruits de pas précipités à sa poursuite, de voix qui criaient son nom de manière de plus en plus pressante.

Au désespoir, elle descendait les quelques marches du perron lorsque son talon s'accrocha à la dernière. Elle tenta de se rattraper à la rampe, mais ses mains prises l'en empêchèrent.

Comme au ralenti, Connie se sentit tomber. Elle vit le trottoir se rapprocher, qui lui parut de plus en plus énorme, puis le réverbère. Dans la seconde suivante, sa tête heurta violemment sa surface dure.

Du haut du perron, Dante poussa un cri horrifié.

— Connie ! hurla-t-il plusieurs fois tout en descendant quatre à quatre les marches.

Elle ne répondit ni ne bougea. Du sang coulait lentement de ses cheveux sur son front. Terrifié, il s'accroupit et porta une main tremblante à son cou à la recherche d'un pouls.

— Appelle une ambulance ! ordonna-t-il à Raf qui venait de le rejoindre.

Pendant que celui-ci s'exécutait et expliquait la situation, Dante hurla :

— Venez immédiatement, c'est une urgence !

Essayant alors de passer un bras sous l'épaule de Connie pour la relever, il sentit la main de Rafaello se refermer sur son poignet.

— Arrête ! Ne la bouge pas, même d'un centimètre ! Ça pourrait lui être fatal. Elle a probablement un traumatisme crânien, mais sa colonne vertébrale est peut-être touchée, en plus.

Malgré son envie toujours présente de régler son compte à Rafaello, Dante écarta le bras. D'autres personnes étaient arrivées sur le trottoir. Parmi elles, l'avocat et sa secrétaire, tous l'air inquiet. Connie étant toujours inconsciente, il lui tâta de nouveau le cou. Son pouls battait encore. Très faiblement, mais il battait...

Comme le sang coulait de ses joues livides sur sa main, Dante entendit des mots se former un à un dans sa tête.

J'ai son sang sur les mains...

L'ambulance arriva enfin. Les secouristes placèrent Connie sur un brancard avec des gestes rapides et sûrs, puis fermèrent les portes du véhicule qui s'éloigna sirène hurlante dans la circulation.

Rafaello héla alors un taxi et poussa Dante à l'intérieur. Dès leur arrivée à l'hôpital, Dante se précipita au comptoir de réception des urgences.

— Ma femme vient d'être amenée, inconsciente après un traumatisme crânien. Elle s'appelle Connie Cavelli. Où est-elle ?

Après avoir jeté un coup d'œil à son ordinateur et échangé quelques mots avec sa collègue, la réceptionniste répondit :

— Elle est au service radiographie. Le médecin vous donnera des nouvelles dès qu'elle aura passé un scanner. En attendant, pourriez-vous remplir ce formulaire, s'il vous plaît ?

Dante ignora la demande et s'élança dans le couloir jusqu'à la porte marquée « Imagerie radiographique ». Alors qu'il allait la pousser, elle s'ouvrit et un homme en blouse blanche, stéthoscope autour du cou, sortit.

— Je cherche ma femme. Elle a une blessure à la tête qui saigne et est inconsciente.

Le médecin hocha la tête, un sourire fatigué aux lèvres.

— Elle va s'en sortir.

Dante ferma alors les yeux, submergé d'émotion.

10

Connie eut la sensation de baigner dans une enveloppe ouateuse où rien n'avait de consistance. Même pas ses pensées qui flottaient, insaisissables. Elle cilla dans l'espoir de dissiper cet étrange brouillard, mais tout resta flou, son esprit comme ce qu'elle perçut alentour. Ce simple effort l'épuisa. Poussant un faible gémissement, elle laissa retomber ses paupières, la tête soudain affreusement lourde, et s'abandonna au brouillard.

Lorsqu'elle rouvrit les yeux, des murs se dessinèrent vaguement, les contours d'une pièce. Rien de très net. Rien de précis dans son esprit non plus. Que des ébauches de pensées, des ébauches de...

Brusquement un voile se déchira dans sa tête, et une vision l'aveugla, d'un réalisme atroce.

Dante se tenait devant elle, immense, le visage dur, tel un dieu vengeur, l'accusant.

Une horrible douleur lui transperça le cœur.

À cet instant, une porte s'ouvrit. Une infirmière entra et demanda d'un ton enjoué :

— Comment vous sentez-vous, madame ?

— Faible.

— C'est normal. Vous serez cependant heureuse d'apprendre

que vous vous en sortez très bien. Vos résultats sont tous bons. Nous allons vous garder en observation aujourd'hui et demain, mais vous devriez quitter l'hôpital sous peu.

L'infirmière procéda alors à quelques examens rapides avant d'ajouter :

— Votre mari est très impatient de vous voir. Voulez-vous que je le fasse entrer ?

Le cœur de Connie se serra.

— Non.

Là-dessus, elle ferma les yeux et sombra dans un sommeil bienvenu.

Dante faisait les cent pas devant la porte de la chambre individuelle dans laquelle, avec l'accord du médecin urgentiste, il avait fait transférer Connie. Hélas, il n'avait pas encore obtenu l'autorisation de la voir.

Un peu plus loin, dans un espace meublé de confortables fauteuils, Rafaello attendait en feuilletant un des journaux disponibles. Son calme présentait un contraste saisissant avec sa propre agitation.

— Viens donc t'asseoir, Dante, dit-il une fois de plus. Connie va bien, m'ont dit les médecins. Elle a eu une forte commotion, mais ses scanners sont bons. Tout ce dont elle a besoin est de repos sous observation et d'antalgiques.

Dante hocha la tête, puis se remit à arpenter le couloir. Même si Connie n'était qu'à quelques mètres de lui derrière une porte, elle lui semblait être aussi inaccessible que la lune. Cela le rendait fou.

Connie s'assit dans son lit. Elle se sentait encore faible, mais ne souffrait plus grâce aux médicaments. Chaque personne venant vérifier son pouls, sa tension et autres signes vitaux sur les écrans des appareils auxquels elle était reliée se disait satisfaite. Elle allait bien, selon elles.

Mais c'était faux !

On lui mentait.

Comment pourrait-il en être autrement ?

Comment pourrait-elle un jour aller à nouveau bien ?

L'infirmière remit son stéthoscope dans la poche de sa blouse, puis déclara en souriant :

— Votre mari ne tient plus en place dans le couloir. Il est à deux doigts de forcer cette porte. Puis-je enfin le laisser entrer ?

Connie ferma les yeux. Hélas, cette fois, le sommeil ne vint pas à sa rescousse.

— Je prendrai cela pour un oui, dit l'infirmière en s'éloignant vers la porte, avant d'ajouter en riant : Pour ne rien vous cacher, si j'avais la chance d'être mariée à un homme si séduisant, je voudrais qu'il soit là à me tenir la main !

Et sur un soupir exagéré, elle quitta la chambre.

Connie l'entendit alors dire :

— Vous pouvez entrer maintenant, monsieur Cavelli. Ne restez pas trop longtemps toutefois. Votre femme est encore très fatiguée.

La voix grave de Dante répondit, puis la porte s'ouvrit, le bruit caractéristique de ses pas résonna sur le sol en direction du lit. Elle le sentit se pencher au-dessus d'elle, mais garda résolument les yeux fermés.

— Connie ? Comment... te sens-tu ?

Réalisant alors qu'il avait parlé d'un ton hésitant dépourvu de la colère à laquelle elle s'était attendue, et sachant qu'elle ne pourrait pas l'éviter éternellement, Connie ouvrit les yeux et le vit, si grand et si sombre à contre-jour.

D'une voix toujours calme quoiqu'un peu rauque, il poursuivit :

— Nous devons discuter, tu sais. Pourquoi m'as-tu quitté ? Pourquoi être partie ce jour-là précisément ?

Incapable de lui dire la vérité, elle laissa son regard dériver sur la pièce.

— Rafaello te l'a dit. Nous allions divorcer. Je n'ai fait qu'accélérer le processus.

— Mais que s'est-il passé de particulier pour provoquer ta décision ce jour-là ? Je ne comprends pas. On était si bien ensemble, on vivait des moments merveilleux. C'était comme passer des vacances infinies...

La voix de Dante se brisa. Il secoua la tête avec une expression de totale incompréhension.

Connie, en revanche, comprenait très bien. Elle lui avait gâché son plaisir ! Passer du bon temps avec elle quelques mois supplémentaires lui convenait très bien en attendant le moment de se séparer et de poursuivre leurs vies séparément. C'était ce qu'il lui avait dit lors de leur dernière soirée à Rome, en termes un peu moins explicites, mais suffisamment clairs pour anéantir son rêve.

Soudain, la physionomie de Dante changea, s'imprégna de dureté.

— Ton départ subit est-il lié à Raf ?

— Pourquoi me demandes-tu ça ?

— Est-ce lui qui t'a poussée à demander la séparation avant terme ? J'ai bien vu sa main posée sur ton épaule chez l'avocat. Alors, réponds-moi.

— Parce que tu t'imagines que...

Connie s'arrêta brusquement, incapable de formuler ce que Dante semblait sous-entendre.

— Qu'il s'intéresse à toi ? Oui, exactement. Et il a voulu accélérer le divorce pour prendre ma place et t'avoir le plus tôt possible !

De stupeur, elle le regarda bouche bée et vit une émotion différente, véhémente et possessive, passer sur son visage.

— Eh bien, il peut aller se faire voir ! Je ne le laisserai pas faire, parce que tu es à moi, Connie ! Tu es *à moi*. Tu es *ma* femme !

— Je t'en prie, Dante, ne dis pas ça, c'est ridicule.

Après avoir pris une profonde inspiration, elle lança :

— Nous nous sommes mariés pour obtenir ce que nous voulions, pour aucune autre raison. Tu as hérité de ton grand-père, j'ai assuré une fin de vie tranquille à ma grand-mère. C'était tout ce que nous voulions.

Le toast porté par Dante dans le jet privé qui les emmenait à Milan quelques heures après leur mariage brûla la mémoire de Connie.

« À la réalisation de nos souhaits. »

Il était vrai en ce qui le concernait, mais pas en ce qui la concernait, elle. Elle en était venue à vouloir beaucoup plus. Quelque chose qu'il ne pouvait pas lui offrir. Quelque chose qu'il ne lui offrirait jamais…

La détresse lui fondit dessus.

Dans le silence qui suivit ses paroles, elle entendit soudain Dante dire :

— C'est faux.

Il prit à son tour une longue inspiration, puis ajouta.

— Ça a cessé d'être vrai le soir où tu es entrée dans le bar à cocktails à Londres et m'as coupé le souffle.

Connie secoua la tête et le regarda droit dans les yeux avant de lui dire la vérité qu'il lui avait été si difficile d'accepter lors de leur dernière soirée à Rome.

— Non, ce qui est arrivé entre nous depuis ce soir-là n'avait aucun rapport avec notre mariage. Il s'agissait simplement d'une aventure passagère.

Se voiler la face ne servait à rien. Dante n'avait toujours voulu qu'une liaison, quand elle avait voulu vivre son rêve, faire de leur mariage un véritable mariage, et avait bien cru y être arrivée. Mais ce n'était pas le cas. Lui l'avait désirée dès son entrée dans le bar londonien et avait vu là l'occasion de vivre une aventure agréable avec son épouse officielle jusqu'au moment où ils pourraient divorcer sans danger et repartir chacun de leur côté.

— C'est tout ce que tu voulais, Dante, reprit Connie. Une aventure. Et maintenant, j'y ai mis fin.

Ces mots planèrent entre eux pendant que Dante regardait Connie assise contre son oreiller, si pâle, le front bandé après son impact contre le réverbère, une aiguille à perfusion plantée dans son bras, un oxymètre au bout d'un doigt et quantité de fils la reliant à un moniteur.

Il avait son sang sur les mains.

Une multitude d'émotions le submergea, telle une vague monumentale.

Il aurait pu la perdre.

Et s'il ne voulait pas que cela arrive à présent, il devait lui parler.

Ce qu'il fit, pesant ses mots.

— Lorsque je t'ai épousée, Connie, j'étais affreusement amer d'être obligé de le faire. D'être obligé de me marier, tout simplement. Mais mon grand-père m'a forcé la main. Qu'il continue de contrôler ma vie par-delà sa tombe me rendait fou. Toutefois, j'ai obtempéré. Ce faisant, j'avais deux buts en tête. Toucher mon héritage et mettre fin à ce mariage le plus vite possible.

Il hocha la tête en soupirant avant de poursuivre.

— Ce que je t'ai dit lors de notre dernière soirée à Rome est vrai. Tu as été parfaite, et j'ai apprécié chaque moment passé avec toi dès le départ. À ton retour du centre de bien-être, tu étais transformée, irrésistible. Tu m'as fait craquer. J'ai alors réalisé que je pouvais tout avoir. Ta compagnie charmante et ton corps délicieux, tout en retrouvant ma liberté le jour où nous divorcerions.

Dante marqua une légère pause, peu fier de ce qu'il s'apprêtait à dire.

— C'est la raison pour laquelle je tenais à garder notre mariage secret, ne voulais pas d'alliance, ni que tu prennes mon patronyme, ni surtout que tu rencontres mes amis. Raf était l'exception puisqu'il connaissait les termes du testament et les conditions particulières de notre union.

Comme Connie le regardait fixement, le visage impassible, il poursuivit, résolu à aller jusqu'au bout de sa confession, aussi difficile à dire soit-elle, surtout si ses aveux se révélaient sans effet.

— Lorsque tu es partie, sans attendre mon retour de Genève, puis que tu as demandé le divorce, j'ai réalisé que je n'avais plus envie de retrouver ma vie d'avant parce que tu *étais devenue* ma vie, Connie. Je n'en avais plus aucune sans toi, aucune en tout cas qui vaille la peine d'être vécue.

Dante vit soudain les yeux de Connie se remplir de larmes, mais elle ne bougea pas. Ce fut donc lui qui le fit. Il s'assit au bord du lit et lui prit la main. Une main sur laquelle il

Épilogue

Accoudé à la balustrade de la terrasse baignée de l'éclatant soleil italien, Dante admirait la propriété, Connie à ses côtés, lorsqu'elle soupira.

— Ce jardin est tellement beau. L'odeur de lavande est envoûtante.

D'un ton soudain grave, elle ajouta :

— Comme dans celui du cottage de grand-mère...

Sachant que Mabel Weston aurait approuvé cette initiative, ils avaient d'un commun accord donné l'usage du cottage anglais à un organisme caritatif qui procurait des soins de relève à des familles ayant besoin de quelques jours ou plus de répit.

Leur résidence principale était désormais une villa spacieuse entourée d'un parc à la végétation luxuriante dans la campagne lombarde, à une distance raisonnable de Milan permettant les déplacements journaliers de Dante.

Il avait bien entendu conservé son appartement en ville, très pratique lorsqu'ils désiraient s'épargner un trajet nocturne après une soirée au restaurant, mais il appréciait de plus en plus la vie en banlieue.

Et ce, grâce à Connie, la lumière de sa vie, la merveille de son cœur.

Saisi d'un élan de tendresse, il l'attira dans ses bras.

— Grand-mère serait si heureuse pour moi, dit-elle d'un ton paisible.

Dante eut un petit rire.

— Mon grand-père le serait aussi pour moi. Son complot a réussi. Si seulement j'avais réalisé plus tôt la raison pour laquelle il avait mis cette clause dans son testament… Je pensais qu'il cherchait encore à m'imposer sa volonté, à me contrôler comme il l'a fait sa vie durant. Maintenant, je comprends. Il voulait me protéger.

Face au regard interrogateur de Connie, il expliqua :

— Il voulait une vraie vie pour moi, une vie stable, heureuse, aux côtés d'une personne qui compte à mes yeux et pour qui je compte.

Connie sentit les bras de Dante se resserrer autour d'elle tandis qu'il poursuivait :

— Il m'a fait un cadeau que j'ignorais désirer. Un cadeau inestimable.

Après lui avoir déposé un baiser sur les lèvres, les yeux brillants d'un incommensurable amour et le cœur débordant de bonheur, elle murmura :

— Et en te faisant ce cadeau, il m'a fait le même.

Ils restèrent ainsi enlacés un long moment, à savourer leur bien-être.

— Au fait, Raf t'a-t-il dit à quelle heure il arrivait ? demanda-t-elle.

— En fin d'après-midi. Je lui en veux encore d'avoir vu si clair en moi. D'avoir découvert que j'étais en train de tomber amoureux de toi quand je ne le savais pas encore moi-même !

Connie pouffa.

— Tout comme il avait vu que j'étais éperdument amoureuse de toi.

— Oui, il est très perspicace. Et manipulateur. Ses allusions au bonheur conjugal avaient pour seul but de me faire ouvrir les yeux, de me faire comprendre que c'était exactement ce que je voulais !

— Et c'est ce que nous avons, n'est-ce pas ?

Le regard brûlant d'amour, Dante répliqua :

— En douteriez-vous ne serait-ce qu'une seule seconde, *signora* Cavelli ?

Connie secoua la tête.

Elle n'en doutait pas. Ne doutait pas non plus d'avoir avec Dante une longue vie d'éternel bonheur.